KB116201

홀인원보다 행복한 어느 아빠의 이야기

아빠 곽해용

홀인원
보다
행복한

어느 아빠의
이야기

문학공감

삶이 그대를 속일지라도

삶이 그대를 속일지라도
슬퍼하거나 노하지 말라!
설움의 날을 참고 견디면
머지않아 기쁨의 날이 오리니…

푸쉬킨 시인의 시에 나오는 일부분이다. 암울하던 60~70
년대 많은 가정의 벽걸이 액자에 쓰여 있던 희망의 메시지
였다. 어린 시절 처음 나의 뇌리에 깊게 박힌 이후로 지금도
가끔 혼자서 암송하곤 한다.

사람은 자기가 좋아하는 일을 즐겁게 할 때 행복해진다.
비록 행복이 인생의 목표가 아니라 그저 얻어지는 부산물이
라고 할지라도 일단 즐거워야 한다. 누구나 행복해지고 싶
어 한다. 딸도 골프를 배우기 시작했을 때는 그러하였다.

딸은 골프를 시작한 지 벌써 20년 가까이 되어간다. 어릴

때 골프를 하면서 늘 즐거워하던 딸은 치열한 골프 투어대회에 참가하면서부터 그 행복해하던 웃음이 가끔 사라지곤 했다. 피할 수 없다면 즐기라는 말도 있다. 이왕 프로의 길을 선택했는데 어떻게 하면 즐겁고 행복한 골프를 계속 할 수 있을까. 인생을 닮았다는 골프의 진정한 가치를 알려주어 행복한 미소를 다시 찾게 해주고 싶었다.

프로선수의 아빠인 나는 골프를 시작한 지는 딸만큼 오래되었지만, 아직도 보기플레이의 평범한 수준이다. 직장에서 은퇴하고서야 골프를 새로운 시선으로 바라보게 되었다. 골프가 주는 아름다운 가치를 새삼 발견한 것이다. 골프는 새로운 출발의 활력소가 되고 있다.

이 책에서 골프의 기술을 이야기하려는 것이 아니다. 그런 기술은 티칭 코치나 동영상으로도 얼마든지 배울 수 있다. 골프는 언제나 도전이라는 명제 가운데서 숨어있는 인생의 지혜를 제대로 찾고 싶었다. 도전은 아름다운 것이고 우리 삶도 그 자체가 도전이다.

 마침 글을 정리하는 과정에 딸이 1부 정규 투어에서 우승까지 하였다. 너무나 바라고 바랐던 그 기적이 이루어진 놀라운 기쁨의 순간도 담아보았다. 물론 프로 데뷔 11년 만에 만나게 된 첫 우승이라는 기쁨도 남달랐지만, 충분히 풍요롭지 못한 여건에서도 챔피언이 될 수 있다는 것, 행운의 여신도 스스로 돕는 자에게는 반드시 찾아온다는 것, 열정과 에너지 그리고 확고한 의지로 도전의 문을 두드리면 언젠가는 꿈을 이룰 수 있다는 것을 알게 되었다. 도전은 언제나 희생을 요구하지만, 이를 겁내지 않고 포기하지 않으면 결국 이루어진다는 것과 실패는 경험을 남기지만 포기는 후회만 남긴다는 말도 이제는 이해하게 되었다.

 겨우 국내 KLPGA 대회 우승 한 번이 뭐 그리 대단하다고! 이렇게 말하는 사람도 있을 것이다. 물론 대한민국 골프계의 영원한 영웅인 박세리 프로를 포함하여 지금도 세계무대에서 활동 중인 고진영, 박인비, 김세영, 김효주, 신지예 프로 등 탁월한 기량을 가진 숱한 스타 선수들에 비할 바는 아닐지 모른다. 그러나 세상에는 영원한 승자가 없다. 잘 버티고 쉼 없이 던지는 도전 그 자체에 의미가 있다. 이 순간에도 어디선가 구슬땀을 흘리며 샷을 다듬고 도전하고 있는 이름 모를 그들 모두도 우리의 희망이며 미래이다. 작은 영웅들이다. 설움의 날들을 참고 버티어온 그들 모두에게 머지않아 기쁨의 날이 오길 진심으로 응원한다.

딸에게 들려주고 싶은 아빠의 마음으로 쓴 나의 이야기가 누군가에게 또 다른 희망과 행복 그리고 도전을 사르는 작은 불쏘시개가 될 수 있다면 감사한 일이고 그것으로도 만족한다.

어려운 여건에서도 묵묵히 버텨줘서 너무나 고마운 딸과 곁에서 묵묵히 헌신하고 있는 아내에게 이 책을 바친다.

차례

1장
잘 버텨줘서 고맙다

2장
골프, 삶을 예술로 만든다

3장
당신도 골퍼가 될 수 있다

1장
잘 버텨줘서
고맙다

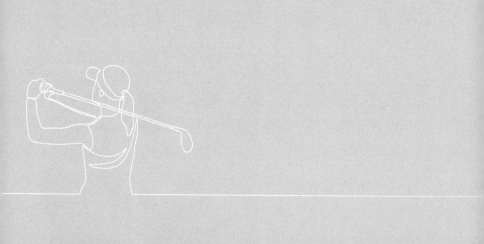

꾸준함이 특별함을 만든다

중요한 것은 포기하지 않는 것이다.
더딘 것을 염려하지 말고 멈출 것을 염려하라.
ㅡ 『아프니까 청춘이다』 중에서, 김난도

곽보미 우승이 주는 울림… 이번 대회가 시작될 때 우승 후보로 곽보미를 주목한 이들은 거의 없었을 겁니다. 지난해 상금 60위인 곽보미는 올해 시드를 턱걸이로 따냈습니다. 올 시즌 출전한 세 번의 경기에서도 모두 커트 통과에 실패했죠. 그럼에도 그는 스스로 이변을 만들어 냈습니다 … 그는 "올해 까지만 해보고 접자"라고 마음먹었다고 합니다. 서른이 주는 부담감, '무관'의 설움은 골프를 즐길 수 없게 했을 겁니다… 치열한 경쟁이 펼쳐지는 프로의 세계. 지금 이 순간에도 누 군가는 자신의 길을 접고 새로운 길을 모색하고 있을지도 모 릅니다. 긴 시간을 견뎌 우승컵을 안은 곽보미와 구슬땀을 흘 리며 샷을 다듬고 있을 수많은 선수들에게 말하고 싶습니다.

"버텨줘서 고마워요." 〈2021.5.10. 한국경제 조수영 기자〉

딸 곽보미 프로의 우승 기사 중 하나다. 모든 성공에는 수 많은 실패가 담겨 있다. 모든 실패에는 성공의 숨결이 잠자고 있다. 그리고 모든 우승자는 저마다의 이야기를 가지고 있다. 딸의 지나온 골프 스토리도 그러하다. 딸은 2010년 8월에 KLPGA(Korea Ladies Professional Golf Association 한국여자프로골프협회) 프로가 되었다. 그리고 11년 만인 2021년 5월 9일 제7회 교촌 허니 레이디스 오픈 정규 대회에서 비로소 첫 우승을 했다.

딸은 1부 투어 시드권조차 제대로 받지 못해 2부 드림투어에서 더 많은 시간을 보냈다. 프로 데뷔했다고 바로 1부 정규투어에 참가하기도 어려운 것이 골프계의 현실이다. 딸은 프로 입문한 지 2년이 되어서야 겨우 1부 투어 하반기 7개 대회에 부분적으로 출전할 수 있었다. 이후에도 계속 1부 대회에 나갈 수 없었다. 워낙 쟁쟁한 선수들이 많았고 실력도 부족했지만, 아쉽게 예선에서 탈락할 때마다 KLPGA의 높은 벽을 실감하지 않을 수 없었다. 결국, 2010년에 데뷔하고도 2012년 일부, 2016년 그리고 2019년에 이어 2020년과 2021년에만 1부 투어를 뛰었으니 11년 동안 1부 투어는 절반도 채 참가하지 못했다.

2부 드림투어도 만만하지 않다. 시드권 없는 1부 투어 우승 경험자들과도 함께 경쟁해야 한다. 딸은 1부 투어에는 86개 대회 만에, 드림투어까지 포함하면 205개 대회 만에 첫 우승을 일궈냈다. 김효주 프로처럼 최단기에 우승한 선수(2012년 10월에 데뷔하여 그해 12월 16일에 우승)도 있다. 비록 늦게 첫 우승을 했지만, 누구나 포기만 하지 않는다면 언젠가 꿈을 이룰 수 있다는 것을 보여준 사례가 되었다고 본다.

노을이 아름다운 건 암흑만이 아니라는 걸 보여주기 위해서라는 말이 있다. 꿈을 이룬 자는 또 누군가의 꿈이 되는 것처럼, 누군가에게 희망의 불씨가 된다면 좋겠다.

딸은 마지막 18번 홀 챔피언 퍼트를 하기 전 마스크 때문에 얼굴은 잘 보이지 않았지만, 한 손으로 눈물을 닦은 후 퍼트하는 모습이 잠깐 TV 화면에 나왔다. 짧은 퍼트를 성공한 후에도 계속 울고 있었다. 무명에서 유명으로 세상에 알리는 기쁨과 설움에 얼마나 벅차올랐을까. TV 중계로 보던 우리 가족들도 얼마나 감격하고 감사했는지 모른다. 정말 이런 기적이 일어나는구나.

"화도 많이 내고 짜증도 많이 냈는데 잘 받아줘서 고마워, 엄마.""생각나는 한 사람을 말해달라"는 인터뷰에 딸은 그렇게 말하면서 계속 울먹였다. 그것은 엄마에게만 하는 메시지는 아닐 것이다. 우리 가족 모두에게 한 감사의 말이었을 것이다.

딸의 우승을 응원했던 지인들도 TV를 보면서 함께 눈시울을 적셨다고 한다. 오랜 시간 지켜보았던 그 수고로움을 너무나 잘 알기에 그랬을 것이다. 어떤 지인의 자녀는 평소에 인내하지 못하고 불평불만을 쉽게 내뱉은 자신을 돌아보는 계기가 되었다고도 한다.

이제 다시 시작이다. 늘 그랬듯이. 우승을 계기로 자신감도 찾을 것이다. 시드권 확보에만 급급했던 불안정한 무명선수에서 하면 된다는 '도전과 끈기의 아이콘'으로 소개되는 딸이 그렇게 자랑스러울 수가 없다. 물론 일찍 꿈을 이룰 수만 있었다면 더없이 좋았을 수도 있다. 그러나, 사람마다 능력과 환경과 주어진 여건이 다르다. 끝까지 포기하지 않고 여기까지 달려온 땀방울의 시간이 더 소중하고 빛나는 것이다.

'미스터 트롯'이라는 TV 프로그램에 출연했던 가수 이찬원은 "포기하면 기회가 날 비켜 간다. 버텼더니 기회가 날 찾아왔다."라고 말했다.

딸이 골프를 시작한 때가 초등학교 6학년부터이니 거의 20년이 다가오고 있다. 10대에 시작하여 벌써 30대에 진입하였다. 하루를 골프로 시작해서 골프로 마치며 견디어 온 숱한 시간. 친구들은 놀러도 가고 취미생활도 즐길 때 자신은 골프에만 매달려온 세월이다. 뜻대로 안 되는 골프를 올해도 계속할 것인가, 그만둘 것인가를 놓고 고민할 때가 한두 번이 아니었다. 그럼에도 불구하고, 누가 알아주지 못해도 제대로 쉬지 않고 꾸준히 연습에 매진했다. 이젠 우승으로 2년간의 시드권 확보와 1억여 원의 상금 등 재정적 어려움도 일단 해결되었다. 골프에 대한 집념으로 이룬 그 꾸준함으로 결국 우승이라는 특별한 선물을 받게 되니 그 기쁨은 이루 말할 수 없다. 우승자의 99.9%는 노력과 땀의 결실이다. 골프 천재라고 칭송받는 선수들도 더러 있지만, 피땀 흘린 노력 없이 그저 얻어지는 것이 있을까.

전년도 상금순위 60위로 간신히 올라와서 연거푸 예선 탈락만 3번씩이나 하던 선수가 갑자기 우승을 해버렸으니 다들 놀랄 만했다. 그러나, 아빠인 나는 그렇지 않았다. 2019년에도 1부 투어에서 준우승도 한 번 했고, 2부 드림투어에서는 그동안 3번의 우승과 4번의 준우승 경험이 있었기에 언젠가 우승할 것이라 예견했었다.

더욱 확신할 수 있었던 것은 시즌이 열리기 전인 3월에 딸과 3일 연속 라운드를 함께 한 적이 있었다. 코로나로 인해 해외 전지 훈련도 갈 수 없는 상황이라 국내에서 연습라운드를 하면서 관찰해보니까 "올해는 우승할 수 있겠다!"라는 믿음이 왔다. 예전과 달라진 드라이버와 아이언 샷의 일관성 그리고 홀에 한결 편안하게 다가가는 퍼트와 더 성장한 멘탈 등이 그렇게 말하고 있었다. 그래서 주변 사람들에게도 그렇게 장담했었다. 이제는 우승할 것 같다고. 그런데 다들 잘 안 믿는 눈치였다. 그런 말을 10년 넘게 해왔으니!

딸이 2010년에 프로로 입문하면서 마냥 잘할 것으로 기대를 했다. 그러나, 원하는 대로 흘러가지는 않았다. KLPGA 대회에는 일단 유능한 선수들만이 살아남아 있고, 매년 뛰어난 실력을 갖춘 신인선수들이 새로이 등장한다. 골프 경험이 많다고 잘하는 것도 아니다. 우승 소감에서 딸도 말했듯이 최근에는 "올해까지만 해보자"라는 마음으로 여기까지 왔다. 지칠 만도 했다. 물론 우승이 최종 목표는 아니다. 프로선수가 되고서 초기에는 우승이 목표였을지 모르지만 거의 10년 이상을 무관(無冠)으로 지내다 보면 우승보다는 시드권 확보가 목표가 되어버린다.

선수들이 우승을 간절히 원하는 것은, 우승하고 나면 목표를 달성했다는 안도감, 거기까지 달려오면서 단련된 높은 기술력과 강한 멘탈로 더욱 안정적인 플레이를 유지할 수 있기 때문이 아닐까 싶다. 월드컵에서 3번이나 우승했던 축구황제 브라질의 펠레도 "우승을 하면 얻게 되는 것은 트로피가 아니다. 안심(安心)이다!"라고 말한 적이 있었다.

"우선 당장은 시드 걱정하지 않으니 좋다. 앞으로는 오랫동안 골프를 즐기면서 하고 싶다."

우승한 이후 인터뷰에서 앞으로 어떻게 할 것인가에 대한 질문에 딸은 그렇게 답했다. 앞으로도 골프를 하면서 뜻한 대로 잘 될 때도 있겠지만, 잘 안 될 경우가 더 많을 것이다. 그래도 이젠 정상에 서 본 경험이 있기에 지금보다 더 여유롭게 더 즐겁고 행복한 골프를 할 수 있을 것이다. 진정 그렇게 되길 바란다. 이 한 번의 우승으로 오히려 계속 더 잘해야 한다는 심적 부담만 가중된다면 행복한 골퍼가 아니다. 그 심적 부담을 떨쳐내고 한층 더 성숙한 선수로 우뚝 성장하길 바란다. 당분간은 첫 우승의 기쁨을 만끽하고, 또다시 새로운 도전을 자신 있게 내던져 보는 거다. 타이거 우즈도 "1번 홀에서 우승이 결정될지, 72번 홀에서 결정될지 모르기 때문에 매 홀 매 샷을 신중하게 준비해야 하며 연습도 그렇게 해야 한다."라고 말했다.

'No pain, No gain!' 고통 없이 얻어지는 것이 세상에 그 어디 있겠는가. 딸의 첫 우승은 딸을 향한 아빠의 우승 기대와 믿음이 결코 헛되지 않았음을 증명해 준 고마움과 함께 자신감과 자긍심도 내게 선물로 가져왔다. 딸이 보여준 그 꾸준함과 성실함에 힘입어 퇴직 이후 다가오는 내 인생의 여정에서 잘 버텨낼 자신이 생겼다. 흔들리지 않는 강한 멘탈로 멋진 샷을 날려보련다.

골프는 언제나 도전이다

두려움, 그것은 환상이다.
– 마이클 조던

성공한 자들은 왜 그들 스스로 자신의 성공에 놀랐다고 할까. 성공이라는 애초의 목표조차 잊은 채 열심히 하느라 바빴기 때문이라고 한다.

어떤 성공 사례를 되짚어보면 분명한 비전과 완벽한 계획 그리고 오차 없는 실천이 있었다고, 그러니 필연적으로 예정된 결과였다고 생각하기 쉽다. 하지만 그렇지 않다. 내가 아는 엄청나게 성공한 사람들은 모두 성공을 예상하지 못했다. 거의 모두가 어느 날 아침 일어나보니 그렇게나 멀리 와 있어서 깜짝 놀랐다는 말을 한다. 《『스몰빅』 중에서. 제프 헤이든〉

2021년 8월 LPGA 위민스 스코티시오픈에서 미국의 라이언 오툴도 딸처럼 데뷔 11년 만인 228번째에 첫 우승을 했다. 라이언 오툴도 2부 투어에서 3번의 우승 경험이 있었고 이번 대회 직전 불과 세계 111위였던 그녀의 우승 소감은 "그야말로 쇼크다!"라고 꿈꾸듯 말했다고 한다.

딸도 우승 소감에서 "아직 꿈인지 생시인지 모르겠다."라고 말했다. 그리고 "이번 우승이 어버이날 선물이 된 것 같다."라는 질문에 "당일 경기를 끝내고 저녁에 숙소에 들어가서야 오늘이 어버이날인 줄 알았다"라고 답했다.

맞는 말이다. 대회 며칠 전부터 집을 떠나 경기에만 집중하다 보니 정말로 모를 수 있다. 가족 간에도 경기 이외의 대화는 가급적 하지 않는다. 집중에 방해가 될까 싶어서이다. 투어에 참가한 선수들은 누구나 우승이라는 목표를 꿈꾸지만, 막상 우승자들은 우승이라는 목표보다는 오로지 한 샷 한 샷 스윙이 이루어지는 과정에만 몰입하고 집중한다. 성공은 결과이자 동시에 과정이다. 그 과정이 잘 되면 기다리던 목표는 그냥 따라오는 것이다.

딸은 엄마 따라 실내 골프 연습장을 다니다가 골프를 시작했다. 제대로 배우면 잘할 것 같다는 연습장 코치의 적극적인 지지가 있었다. 우리 부부가 억지로 권유한 것이 아니다. 본인의 선택이었다. 이때만 해도 딸을 꼭 프로선수로 만들어야겠다는 욕심도 없었다. 당시에도 골프선수 하려면 비용이 많이 든다는 우려 때문에 내 월급으로 충당하기 어려워서 선뜻 지지하기가 망설여졌다. 불명확한 미래에 선수가 되는 것을 기대하기보다는 취미생활로 할 수도 있고 나중에 싫다고 그만둘 수도 있기에 일단 지켜보기로 했다.

딸은 골프를 하면서 즐거워했다. 그러나, 시간이 흘러 중고연맹 골프 대회에 나가면 성적은 그다지 좋지 않았다. 연습할 때는 잘하는 것 같은데 대회 결과는 기대 이하이었다. 아예 못하면 당장 그만두게 했겠지만 될 듯 될 듯하면서 뜻대로 되지 않았다. 이럴 때 통상적으로 부모와 본인은 갈등이 생긴다. 운동을 계속 시켜야 하는가 그만두게 하는가. 대부분 어린 운동선수를 둔 부모들이 느끼는 고민일 것이다.

중학교 때쯤, 제대로 성적도 나지 않고 생각보다 골프에 들어가는 비용도 만만치 않아 점점 경제적 부담도 느낄 정도가 되었다. 괜히 어설프게 운동을 시작하게 되면 나중에 공부도 운동도 제대로 못 할까 걱정이 되었다.

"힘들면, 그만해도 좋아. 중학교 3학년이 되기 전에 진지하게 생각해 보자." 딸의 의견을 물었다. 딸의 입장은 단호하였다. "NO!" 계속 골프를 하겠단다.

딸이 이토록 하고 싶다는데 어쩔 도리가 없었다. 그러나,

그 이후에도 성적은 별로 기대만치 향상되지는 않았다. 결국, 중고연맹 골프 대회에서 한 번도 우승하지 못했다. 아니 상위권에 든 기억도 별로 없다. 또래들은 우승은 물론 국가대표, 상비군으로 잘만 선발되는데 안타깝기만 했다. 그러다가 만 18세에 골프에 집중하기 위해 프로로 입문하게 되었다. 프로로 진출하면 무언가 변화가 있지 않을까 하는 희망을 꿈꾸며 또 한 걸음 앞으로 나아갔다.

일반적으로 투어에서 활동 중인 선수들의 샷은 기술적으로 크게 차이가 나지 않는다. 그러나, 무의식상태에서도 늘 안정적인 샷을 할 수 있을 정도로 내적 능력을 강화해야 한다. 그 내적 능력에는 자신감, 집중력, 창의성 등이 있다. 눈에 보이지 않는 이런 내적 능력을 최대한 끌어올려야 한다. 이런 것을 잘하는 선수가 최고의 실력자이다. 어떠한 장애물을 만나더라도 어떠한 불리한 환경에 놓이더라도 이를 버텨내고 이겨내려는 도전정신이 필요하다. 코스 자체가 도전인 골프라는 스포츠는 언제나 우리에게 도전장을 던지고 있다.

마이클 조던은 "장애물을 만났다고 반드시 멈춰야 하는 것은 아니다. 벽에 부딪힌다면 돌아서서 포기하지 마라. 어떻게 벽에 오를지, 벽을 뚫고 나갈 수 있을지, 또 돌아갈 방법은 없는지 생각하라"고 했다.

어떤 도전이든지 이를 이겨내는 내적 능력 가운데 가장 중요한 요소가 자신감이라고 본다. 돌아보면 인생도 결국 자신감이다. 자신이 있어야 어떤 도전이라도 할 수 있고 어떤 도전 앞에서도 당당해질 수 있다. 가진 게 없고 배움이 부족하다고 사랑하는 여자에게 말 한마디 건네지 못하는 패배의식에 빠져서는 안 된다. 겁낼 필요가 없다. 좌우로 페널티(해저드) 지역이 놓여있는 좁고 긴 필드에서도 자신에 넘친 힘찬 샷을 날려야 한다. 마치 박세리 프로가 1998년 US오픈 우승때 양말벗고 도전했던 그 샷처럼 용기를 내어야 한다.

자신감이란 주어진 과제를 성공시키거나 목표를 성취할 수 있다는 자신의 능력에 대한 믿음이다.

자존감과 자신감은 다르다. 자존감은 나를 사랑하고 존중해주는 마음이고, 자신감은 자신의 역량으로 해낼 수 있다는 스스로에 대한 믿음이다. 자신감은 준비와 숙련이 필요하다. 어느 한 분야에서 오랫동안 단련된 전문가는 그 분야에서는 누구보다도 자신감이 넘친다. 자신감이 충만하면 안 될 일도 되게 할 수 있고, 자신감이 떨어지면 될 일도 안 될 수 있다. 자신감이 넘치면 우리 몸에서 아드레날린이 솟구친다. 두려움이 사라진다. 마치 수많은 축구 관중의 우렁찬 함성 속에서도 페널티킥을 한치 흔들림 없이 성공하는 키커의 강한 자신감처럼 만들어야 한다.

자신감은 선천적으로 타고나는 것이 아니다. 오랜 훈련과 연습을 통해 능력의 향상과 함께 배양되는 후천적이다. 얼마든지 적절한 훈련과 긍정적인 사고의 습관을 통해 향상할 수 있다. 또 긍정적인 피드백(선수에게 운동 결과나 평가 정보를 되돌리는 것)뿐만 아니라 부정적인 피드백도 긍정적으로 해석함으로써 부족한 것을 보완하면 자신감을 높일 수 있다. 또 반복되는 성공은 대개 자신감을 높여 주지만, 자칫 다음 대회에서도 우승해야 한다는 중압감은 오히려 자신감을 떨어뜨리기도 한다. 그렇다고 실패가 두려워 도전하지 않는다면 얻을 수 있는 것은 아무것도 없다. 실패는 경험을 남기지만 포기는 후회를 남긴다는 말도 있고 포기를 포기하라는 조언도 있다.

운동 간에 일어나는 잦은 실수는 자신감을 떨어지게 할 수 있지만, 언제나 완벽한 경기를 하는 선수가 없듯이 실수를 교훈 삼아 단점을 보완하여 발전시켜나간다면 자신감은 오히려 높아질 수 있다. 자신감은 나이, 성별, 성격 등에 따라 다르지만, 성공했던 경험은 무엇보다 자신감을 높여 주는 큰 요인이 된다. 그리고 신체적, 심리적 준비가 완벽하게 되었을 때나 타인의 칭찬을 통해서도 자신감이 고취될 수 있다.

또 타인의 성공적 모델을 잘 관찰하고 배우게 되면 '나도 하면 되겠구나'하는 자신감이 생길 수 있다. 자신감이 넘치는 선수들은 부담감 있는 경기에서도 차분하고 안정된 상태를 유지한다. 그들은 자신의 조절 능력 범위 밖의 일에는 관심을 버리고 오로지 지금 자신에게 중요한 일에만 관심을 집중한다. 그리고 자신의 능력을 믿고 발전시키기 위해 열심히 노력한다. 목표를 성취하지 못하면 더 노력한다. 그래서 어떤 역경에서도 회복탄력성이 뛰어나다. 컨디션이 좋지 않을 때의 자신조차 사랑할 수 있다면 진정한 자신감을 가진 소유자라고 볼 수 있다.

아리스토텔레스는 나를 더 나은 사람으로 만드는 존재를 친구라고 보았다. 아리스토텔레스 관점에서 볼 때 운동 코치나 요가 지도자 등을 자주 만나 운동하는 것만으로도 자신감을 얻게 된다. 타인이 보여주는 관심과 호의를 느끼고 내가 더 발전하기를 바라는 사람들과 함께할 때면 자신을 신뢰할 수 있게 되고 자신감이 솟아나는 것이다. 《자신감》 중에서. 샤를 페팽〉

자신감을 주는 사람이 곁에 있으면 살아가는데 용기를 얻을 수 있다. 타인이 주는 따뜻한 격려가 자신감을 불러일으킨다. 자신감은 우리를 다시 일으켜 세우기도 하고 살아가는 원천을 제공해주기도 한다. 특히 골프에서는 중요한 요소이다. 골프를 함께 하는 동료나 코치 그리고 가족들이 곁에서 든든한 팬이 되어줄 때 힘이 더 솟구친다.

자신감은 실수로 OB(Out of Bounds)나 쓰리 퍼터가 나오더라도 언제든지 점수(스코어)를 줄일 수 있다는 믿음으로 실망하지 않게도 해준다. 오늘 좀 못해도 내일 잘하면 된다는 자신에 대한 신뢰가 바로 자신감이다. 그러다 보면 골프가 즐거워질 것이다. 대회에 참가하여 우승하는 것이 최종 목표가 아니라 하나의 과정이기에 즐거운 마음으로 임하게 해준다. 굳이 '오늘이 마지막이다.'라고 너무 결연하게 생각할 필요가 없다. 그러나, 지나친 자신감은 오히려 화를 불러올 수도 있기에 조심해야 한다.

우리가 무엇을 모르는지 모르는 상태를 '과한 자신감'이라고 말했다. 자신이 무엇을 모르는지 모르는 무지한 자가 자신감만 충만하게 될 때 배움을 멈추게 되고 더 이상 남의 조언을 듣지 않으려 한다. 《빛나는 실수』 중에서, 폴 J. H. 슈메이크》

자신감을 고취하는 것 못지않게 중요한 것이 도전할 목표를 설정하는 것이다. 목표를 세우는 것은 선수가 경기력을 최대한 발휘하는 데 필요한 사항을 선정하는 행위이다. 어떤 특정한 기간까지의 특정 과제의 향상 기준을 말한다. 『골프, 정신력의 게임』에서 스티브 윌리엄스는 목표를 설정하는 7가지 황금률을 다음과 같이 소개했다.

1. 목표는 반드시 종이에 적어야 한다.
2. 목표는 반드시 긍정적인 방향으로 적어야 한다.
3. 목표는 반드시 현실적이고 도달할 수 있어야 한다.
4. 목표는 이전에 성취된 것이 아니라 반드시 새로운 대상이어야만 한다.
5. 목표는 반드시 성격의 변화를 고려해야 한다.
6. 반드시 목표를 성취하고자 하는 강렬한 욕구가 있어야 한다.
7. 반드시 목표를 달성하겠다는 굳은 결심이 있어야 한다.

목표를 설정하게 되면 누구나 목표 달성을 위해서 더욱더 노력하게 된다. 또 어려움을 극복할 의지와 힘을 갖게 되며 목표를 향한 집중도도 높아진다. 효과적인 전략과 계획을 짜고 성공을 위한 동기가 유발되는 등 행동의 변화도 생기게 된다. 그리고 선수들도 자기의 상금순위나 스코어 등에도 관심을 가지게 되어 경기에 더 집중하게 된다. 그러나 이 과정에서 "실수나 긴장하지 말자" 등과 같은 부정적 목표는 경기력을 떨어뜨리기 때문에 과정 지향적이고 긍정적 목표를 갖도록 해야 한다.

연구 결과에 따르면 사람들은 자신의 평균보다 7% 정도 높은 목표를 설정할 때 가장 성취율이 높다고 한다. 자신 있는 홀과 어려운 홀을 구분하여 나름대로 자기의 희망 스코어를 만드는 것도 하나의 전략이다.

목표는 구체적으로 세우고 실현 가능해야 한다. 너무 쉬워도, 어려워도 흥미와 자신감을 상실할 수 있다. 예를 들면, 프로선수가 "이번 시즌에는 상위권 30위 내에 들어가겠다."라는 식이다. 선수가 이런 목표를 세우고 실천해나갈 때 지도자, 부모, 친구 등 주변에서도 적극적으로 도와주어야 한다.

2022년 LPGA에 진출한 모(某) 프로의 경우 아버지가 조언해준 국가대표, LPGA 진출, 세계 1위, 올림픽 금메달 등의 목표를 적어 천장과 책상 등에 붙여놓고 하나하나 달성해가고 있다고 한다.

충만한 자신감으로 내 인생에도 멋진 도전장을 던져보자. 비록 자신감은 넘치더라도 현실은 내가 마음먹은 대로 이루어지지 않을 때가 더 많다. 그래도 좌절하지 말자. 도전! 도전! 그리고 또 도전을 시도해보자. 숨이 헉헉 막히는 유격훈련을 마치고도 "또 없는가!"라고 외쳐대는 그 뜨거운 패기와 배짱이 있어야 한다. 딸도 어린시절 자신만의 도전을 시도한 것이었다. 우리 삶 그 자체가 도전이다. 시간이 좀 걸리면 어떠한가. 계획한 목표를 하나하나 달성해가다 보면 어느 날 스스로 자신이 이루어놓은 성공에 자신조차도 깜짝 놀랄 일이 생기지 않겠는가.

하늘은 스스로 돕는 자를 돕는다

재능을 타고 났다는 정도의 운으로는 충분치 않다.
운이 따르는 재능도 있어야 한다.

― 엑토르 베를리오즈

살다 보면 어떤 이들은 거듭 승승장구하고, 어떤 이들은 아무리 노력을 해도 그저 그렇게 살아간다. 능력 차이도 고만고만한데 어떻게 남들보다 앞서 나갈까. 이럴 때 우리는 그가 참 운이 좋은 사람이라고 그가 운 좋았던 성공 사례를 찾기 시작한다. 이처럼 가끔 실력이나 노력만으로 풀리지 않는 무엇인가가 작용하는 것이 세상 이치인가 보다.

운(運)은 움직인다고 한다. 실제 운(運)이라는 글자에도 그런 뜻이 담겨 있다. 운(運)이라는 한자(漢字) 단어는 쉬엄쉬엄 갈 착(辶)과 덮을 멱(冖) 그리고 수레 차(車)가 더해져서 '수레 위에 싣고 덮은 뒤 쉬엄쉬엄 이동하는 것'으로 어디로 갈지 모른다는 의미를 담고 있다.

운(運)은 굴러가다가 어느 날 내 앞에도 나타날 수도 있다. "머리 좋은 사람은 노력하는 사람을 이기지 못하고, 노력하는 사람은 운 좋은 사람을 당하지 못한다."라는 말이나, 지장(知將) 위에 덕장(德將) 있고, 덕장(德將) 위에 운장(運將)이 있다는 말도 있다. 또 '운칠기삼(運七氣三)'이나 심지어 '운(運) 또한 실력이다.'라고 표현하는 것을 보면 살아가면서 은연중에 운(運)을 상당히 높은 순위에 매김하고 있음을 알 수 있다.

골프도 실상 운(運)이 많이 작용하는 스포츠다. 평생 한 번 하기 어려운 홀인원이나 이글은 실력인 경우도 있지만, 잘 못 맞았는데 우연히 홀인원이 되거나, 잘 보이지도 않는 언덕 너머에 있는 홀에 운 좋게 빨려 들어가는 경우를 보면 그런 느낌을 받는다. 어떤 경우는 공이 잘 맞았지만, 카트길을 맞고 경계선 밖으로 나가 OB가 되기도 하고 운 좋게 페어웨이로 다시 들어오기도 한다.

흔히 골프 대회 우승자는 하늘에서 미리 정해준다고 말한다. 그러나, 운 좋은 날만 골라서 라운드할 수도 없고, 운에만 내 모든 것을 맡길 수는 더더욱 없다. 운(運)에 앞서 운을 맞을 준비를 해야 한다. 그래서 행운이란 '준비가 기회를 만나는 것'이라는 말도 있다.

"승리는 준비된 자에게 찾아오며, 사람들은 이를 행운이라

부른다. 패배는 미리 준비하지 않은 자에게 찾아오며, 사람들 은 이를 불운이라 부른다." 〈로알 아문센〉

미국의 대부호들을 대상으로 그들의 성공 요인을 분석해 보니, 대부호들에게는 4가지 공통점이 있었다고 한다. 승부 욕과 경쟁심 그리고 행운과 타이밍이었다. 골프가 바로 여 기에 꼭 부합한다. 골프는 승부욕과 경쟁심이라는 내적 요 인과 행운 그리고 이를 놓치지 않는 적절한 타이밍의 외적 요인들을 기막히게 갖추고 있다. 그래서 이런 경험을 누구 보다도 많이 해본 대부호들이 골프를 좋아하지 않을 수 없 다는 것이다. 누구든지 골프장에서 한두 번은 의도치 않게 운 좋은 경우나 그렇지 않은 경우를 경험했을 것이다. 그것 또한 골프의 매력 중 하나다.

딸이 첫 우승을 한 그날도 움직이던 행운이 마침내 딸에게 손을 내민 날이었다. 3일 차 마지막 날 마지막 18번 홀에서 드라이버를 힘차게 날렸던 딸의 공 방향을 보면서 순간 깜 짝 놀라지 않을 수 없었다. 약간 좌측으로 간 볼은 카트길을 맞고 정지해 있던 4대의 카터를 용케도 피하면서 필드 밖으 로 나갈 듯이 굴러가더니 카트길에서 멈추었다. 오히려 훨 씬 더 앞으로 당겨놓았다. 파 5홀에서 2on(두 번째 샷으로 그린 위에 올리는 것)도 가능한 거리로 보내버린 것이었다. 아찔한 순간을 목격했던 사람들이,

"곽 프로가 우승하겠구나. 정말 운이 따른다."라고 한결같이 말했다고 한다.

그러나, 두 번째 샷도 온그린 되지 못하고 그린 가까이 벙커 인근 디봇 자리에 멈춰 버렸다. 그래서 바로 띄우지 못하고 앞에 있는 벙커 둔턱을 맞추어서 그린에 떨어지게 하는 범퍼앤런샷(bump and run shot: 볼을 bump, 즉 언덕에 강하게 부딪혀 run이 거의 생기지 않도록 만드는 샷)을 쳤다. 캐디와 상의한 결과였다.

이를 알 리 없는 나를 포함한 지인들은 중계방송을 지켜보다가 휴~ 하고 안도의 숨을 내쉬었다. 만일 벙커 턱을 넘지 못하고 벙커 안에 빠졌다면 우승도 장담하기 어려운 상황이었다. 해설자도 인터뷰 때 물어보았다. 실수였는지 의도적으로 그렇게 쳤는지. 실수는 아니었지만 실수할 뻔했던 샷이었다. 두 번 연속 운이 좋았다. 행운의 여신이 분명 함께한 날이다. 일이 잘되려면 '잘못탄 기차가 때론 목적지에 데려다준다'는 인도 속담처럼 행운이 따라준다.

2015년 드림투어에서 활동할 때였다. 지금은 드림투어 성적 20위까지 1부 정규투어 시드권을 주지만 당시에는 6위까지만 주었다. 2015년 8월에 드림투어 생애 첫 우승을 하였으나 7위에 머물렀던 딸에게 남은 경기는 단 2개뿐이었다. 이 두 번의 기회에 우승이나 준우승을 해야만 했다.

드림투어 첫 우승 이후에도 2번이나 연속 컷오프를 해서 남은 시합에서도 잘못하면 지옥 같은 시드전에 다시 도전해야 하는 상황이었다. 간절한 마음으로 시합 전날에는 고등학생 시절 전국 체전 때 투숙하여 홀인원을 한 운 좋았던 그 숙소로 다시 옮겼다고 한다. 기적처럼 이 대회에서 또 우승했다. 첫날 예선에 보기 하나 없는 7언더를 쳐서 2위로 통과하고, 다음 날 또다시 보기 하나 없는 무결점 5언더로 2위와 2타 차이로, 128명 중 1위를 했다.

좋아하는 격언이 있다. "하늘은 스스로 돕는 자를 돕는다 (Heaven helps those who help themselves)." 스스로 돕는 자는 스스로 강한 자이다. 흔들림이 없이 어려움을 스스로 이겨낸 자에게 하늘도 여하의 운(運)을 안겨주는 것이다.

골프 시합에서 간발의 타수로 경기 내내 선두를 지키다가 마지막 한 홀에서 와르르 무너져 우승하지 못하는 경우가 또 얼마나 많은가. 반대로 내내 선두에 뒤지다가 마지막 홀에서 따라붙어 우승하는 경우 또한 얼마나 많은가. 딸도 지나간 많은 대회에서 행운의 여신이 비켜 간 경우도 더러 있었다.

2019년도 1부 정규투어에서 준우승할 때는 딸도 마지막 날 버디를 7개나 잡았지만 1타 뒤에서 출발한 김아림 프로가 버디를 덩달아 9개나 잡는 바람에 행운의 여신이 그에게로 갔다. 2부 드림투어에서도 딸은 우승을 3회 했었지만, 준우승도 4회를 했다. 이 준우승 가운데는 연장전을 8번이나 한 적도 있었다. 연장전만 거의 2시간 동안 진행되었다. 결국, 이 연장전에서 졌다. 그리고 얼마 지나지 않은 대회에서 또 한 번의 연장전을 치렀는데, 이번에는 한번 만에 버디를 잡아 우승한 경험도 있다. 중국 당나라 『신당서(新唐書)』 『배도전(裴度傳)』에 "勝敗兵家之常事(승패병가지상사)"라는 표현이 있다. 이기고 지는 것은 늘 있는 일이라는 것이다. 숱한 쓰라림과 아쉬움을 거쳐야만 비로소 우승의 문턱을 넘어설 자격이 주어진다.

시종일관 불운하기만 한 인생이란 없다. 불운은 꼬리에 행운을 달고 온다. 서양에서는 이 깨달음을 '이 또한 지나갈 것이다'로 표현했다. 〈『보이지 않는 차이』 중에서 연준혁 · 한상복〉

간혹 우승 소감을 들어보면 어떤 선수는 홀이 평소보다 배로 커 보이고, 넣는 대로 홀린 듯 빨려 들어가는 느낌을 받았다고 하는 경우가 있다. 자기 앞에 행운이 다가오면 이 기회를 놓치지 말아야 한다. 그러기 위해서는 매사에 최선을 다해야 이런 기회도 찾아온다.

언젠가 행운이 찾아올 것이라는 믿음으로 버티고 또 버티면서 기다려야 한다. 비록 이런 운이 찾아오지 않더라도 이겨낼 수 있어야 한다. 인생이나 스포츠에서도 모든 이들이 우승컵을 들어 올릴 수는 없다. 누구나 성공하기 위해 노력하지만, 모두가 성공하지는 못한다. 그러나 성공한 이들은 일단 모두 노력을 시도하였던 사람들이다.

아이스하키계의 전설로 통하는 그렌츠키는 "시도조차 하지 않은 샷은 100% 빗나간 것과 마찬가지다(You miss 100% of the shots you don't take)."라고 말했다.

로또 당첨자들도 복권을 구매했기 때문에 당첨이라는 행운이 찾아온 것이다. 골프에 '목생도사'(木生道死)라는 말이 있다. 라운드할 때 공이 나무에 맞으면 살고 도로(카트길)에 맞으면 죽는다는 설이다. 그러나, 도로에 맞아도 사는 경우가 있다. 이런 걸 행운이라고 한다.

내 주변에 있는 사람들이 성공하면 나의 운도 덩달아 좋아진다. 동반자가 홀인원하면 함께 3년간 운(재수)이 좋다고들 하지 않나. 운(運) 좋은 사람을 맘껏 축하해주고 응원하자. 움직이는 운(運)의 다음 순서는 바로 내가 될지 모르니까.

우승도 해본 사람이 또 한다

성공도 습관이다. 축구에서 '골을 넣어본 사람이 결국
골을 넣는다.'라는 말이 있다.
                              -『무지개 원리』중에서, 차동엽 신부

 골프뿐만 아니라 운동하는 선수들은 누구나 성공을 꿈꾼
다. 그러나, 스포츠에서 1등이 아니면 살아남기 어렵고 성
공할 수 없는 것이 현실이다. 특히 골프의 세계는 더욱 그러
하다. 준우승과 우승의 차이는 크다. 연장전의 1타 차이로
챔피언이 결정된다. 빙상의 세계에서는 0.001초 간발의 차
이로 우승자가 갈린다. 승자독식주의를 지향하는 경쟁 사회
에서는 어쩔 수 없다. 그 차이를 뛰어넘기 위해 그 많은 시
간과 노력을 투자하는 것이다. 그러다 보니 우승자의 위상
은 물론 그에 상응하는 보상은 엄청나다.

우승은 한번 하기가 어렵지 한번 하게 되면 다음에 또 우승할 확률이 높다.

경영에 파레토 법칙(80대 20 법칙)이 있다. 전체 결과의 80%가 전체 원인의 20%에서 일어나는 현상을 말한다. 스포츠에서도 20% 선수가 80% 승리한다는 거다. 2021년 KLPGA에서 상금 상위자 7명이 2년 연속 TOP 10에 들어 있으며, 상금순위 TOP 10의 획득 상금이 전체 상금의 31%를 넘는다.

딸은 우승 이후에 우승자가 가입하는 위너스 클럽에 171번째로 들어갔다. 1978년 국내에 최초로 여자 프로골퍼 4명이 탄생한 지 43년이 지난 2021년까지 수많은 대회를 거쳤지만, 정회원 1,478명 가운데 우승자는 고작 175명뿐이다. 12% 정도다. 2021년까지 구옥희, 신지애 프로가 각 20회씩 우승하였고 고우순(17), 장하나(15), 김효주(13), 정길자(12), 김미현(11), 고진영(11), 서희경(11), 유소영(10), 강춘자(10), 박성현(10), 박민지(10) 등 10승 이상자들이 13명이나 된다. 2승 이상 다승자가 106명(61%)이며 한 번만 우승한 사람은 69명(39%)이다.

최근 2020년에 첫 우승 선수는 3명이고 2019년과 2021년에는 각각 5명이다. 평균 5명 이내라고 보면 될 것 같다. 첫 우승이 어려운 이유가 우승자 가운데 약 60%, 즉 10명

중 6명이 또 우승하기 때문이다. 매번 상위권에서 우승 유경험자들이 우승컵 주변에서 또 한 번의 기회를 노리고 있다. 첫 우승을 하기 위해서는 이들을 물리쳐야 한다. 1부 투어에 출전하는 선수들은 누구든지 우승할 수 있다고 하는 이유가 우승 유경험자들이 많기 때문이다. 반면에 위너스 클럽 회원 데이터는 첫 우승을 하고도 최선을 다하지 않으면 2승도 만만치 않다는 것을 동시에 보여준다.

조그만 성공도 성공이다 / 그만큼에서 그치거나 만족하라 는 말이 아니고 / 작은 성공을 슬퍼하거나 / 그것을 빌미 삼 아 스스로를 나무라거나 / 힘들게 하지 말라는 말이다 〈詩 '너, 너무 잘하려고 애쓰지 마라'에서, 나태주 시인〉

작은 승리가 큰 승리를 불러온다는 말이 있다. 작은 성공도 성공이다. 이를 반복하다 보면 또 하나의 습관이 된다. "나도 우승할 수 있다. 나는 이길 수 있다!"라고 믿는 우승 마인드가 생기게 된다.

처음부터 성공만 할 수는 없다. 성공과 실패를 반복한다. 실패를 거듭하면 할수록 어떻게 하면 실패하는지를 잘 알기 때문에 성공하는 법도 자연스럽게 터득한다. 실패하지 않는 것이 바로 성공하는 길이다. 그래서 1부 정규투어 우승을 하기 전에 2부, 3부 투어에서 우승 경험을 맛보는 것은 의미가 있다. 작은 대회의 우승 경험이 언젠가는 큰 대회에서의 우승으로 이어질 것이다. 2020년 김아림 프로가 국내 대회에서 쌓은 우승 경험을 바탕으로 미국 LPGA 오픈대회에 코로나로 출전하지 않은 선수들 덕분에 갑자기 출전하였음에도 그의 장타력과 투지로 결국 우승까지 거머쥐고 다음 해에 LPGA로 바로 진출한 사례가 있다.

넷플릭스에서 방영된 다큐멘터리 '마이클 조던, 더 라스트 댄스: 2020' 10부작을 보면 농구의 황제 마이클 조던은 평생 술과 마약을 하지 않았다고 한다. 다른 선수들이 승리의 파티에 도취해 있을 때 시합이 끝나면 바로 다음 시합을 위해 또 연습장으로 달려가는 모습이 나온다. 연습만이 성공을 보장해준다고 믿는 사람이었다. 선수 생활을 하는 내내 그렇게 성실하게 노력하였기에 숱한 우승을 할 수 있었다. 그를 무척 좋아했던 타이거 우즈에게도 마이클 조던은 이렇게 조언한다.

"모든 사람이 너에게 '너는 골프 천재다. 100년에 한 번 나올까 말까 한 사람이다.'라고 찬사를 아끼지 않을 때 바로 연습장으로 달려가라. 달려가서 이전보다 더 훈련에 열중하라."

인생에서도 한번 성공해본 사람은 실패하더라도 곧바로 재기하여 다시 성공하는 경우가 많다. 성공의 맛을 이미 보았고, 성공하는 습관이 몸에 붙어있어서 계속 성공의 문을 두드린다. 매일매일 비록 아주 작은 일이라도 무엇인가에서 성공하는 습관을 길들이자. 그런 과정이 차곡차곡 쌓이다 보면 더 많은 에너지와 열정이 생겨나서 더 많이 성장할 수 있다. 성공의 습관은 분명 우리에게 성공한 인생길로 안내해 줄 것이다.

행복도 습관이다. 행복감을 느껴본 사람은 그 달콤한 맛을 잊지 못해 자기 곁에 계속 두려고 할 것이다. 그러나, 그 맛을 제대로 느껴 보지 못한 사람은 행복이란 누군가가 가져다 주는 것이라고 가볍게 생각할 수도 있다. 성공하는 습관이 붙은 사람은 동시에 행복이라는 습관도 함께 생겨난다. 행복해지고 싶다면 작은 성공에도 최선을 다할 일이다. 마치 밀림의 왕 사자가 토끼 한 마리 사냥에도 죽을 힘을 다하듯이 말이다.

감정도 골프 플레이의 일부이다

골프는 90%가 심리 게임이고 나머지 10%도
심리 게임이다.

– 헨리 비어드

마지막 홀에서 보기(bodge)만 유지해도 평생의 라이프 베스트(Life Best) 스코어가 된다. 그런데 황당하게 무너지고 만다. 어처구니가 없다. 세컨드 샷을 그린에 잘 올려놓고도 계속 버벅댄다. OB가 나고 뒷땅(Fat shot)치고…… 그놈의 '유리멘탈'이 문제다. 골프가 이래서 어렵다. 자신도 미처 깨닫지 못하는 미세한 흥분상태가 균형을 깨뜨리기도 한다. 사소한 실수에도 급격하게 무너진다. 감정을 통제한다는 것이 그만큼 쉽지 않다. R&A(영국왕립골프협회 the Royal & Ancient golf club)와 USGA(미국골프협회 United States Golf Association)의 『플레이어를 위한 골프 규칙』에도

'골프는 정신력이 핵심인 스포츠이자, 정확성으로 결실을 맺는 스포츠'라고 정의하고 있다.

골프는 가장 넓은 지역에서 가장 작은 구멍[직경 4.25인치 (108mm)]에 가장 작은 공[직경 1.68인치(42.67mm)보다 크고 무게는 1.62온스(45.95g)보다 가벼운 규격]을 넣어야 하고, 이동 중간에 각종 장애물을 극복해야 하는 스포츠다. 고도의 기술 수준을 요구하는 플레이 환경과 도중에 만나는 다양한 변수는 골퍼들에게 강한 심리적 부담과 두려움을 매번 불러일으킨다. 따라서 골퍼들은 프로이든 아마추어이든 긍정적 자기암시를 통해 이를 극복하려고 나름대로 무진 노력을 한다. 그런데도 눈앞에서 장애물인 연못을 만나면 어김없이 물속에 공을 빠뜨리기도 한다. 프로선수들조차 장시간 감정의 평정심을 유지하고 순간 집중력을 계속 높이기 위해 멘탈 코치로부터 심리 훈련을 받기도 한다.

2021년 메이저대회인 디 오픈(브리티시오픈)에서의 2연승을 포함하여 PGA 투어 6승, 유러피안 투어 15승, 아시안 투어 4승을 비롯해 프로 통산 31승을 한 아일랜드 출신의 패드릭 해링턴에게 우승의 비법을 물었더니,

"그 비법은 정말 멘탈이 전부입니다. 다른 무엇보다 정신을 올바른 곳에 두는 것이 중요합니다. 아쉽게도 스윙하고는

감정도 골프 플레이의 일부이다 **43**

상관이 없습니다."라고 말했다.

골프는 어떻게 볼을 칠 것인가가 아니라 어떻게 홀을 공략할 것인가가 이기는 조건이다. 멘탈만 잘 잡는다면 좋은 결과를 얻을 수 있다. 타이거 우즈도 멘탈이 프로와 아마추어를 구분하는 주요 요인이라고 했다. 골프를 '몸으로 하는 체스다'라고 정의한 그는 단순히 스윙이 중요한 것이 아니라 골프 매니지먼트가 더 중요하다고 말한다. 그는 홀 공략 시 거꾸로 그린에서부터 티샷 지점까지 거리를 분석하면서 어느 지역을 피해야 할지 등 홀의 특성을 잘 따져서 무리하지 않게 경기를 한다고 했다.

선수들 대부분이 경기 중에 가장 많이 겪는 심리적 문제는 결과에 대한 기대감이다. 어린 시절부터 주변의 기대 속에 성장하다 보면 본인뿐만 아니라 주변의 기대도 높아지게 된다. 이것이 지나치게 되면 스트레스가 되어 경기력이나 골프를 이끌어가는 관리 능력이 자칫 떨어지게 된다. 국내에서 2회 연속 우승 경험이 있던 모(某) 프로조차도 21개월 만에 다시 우승한 후에 그동안 성적에 대한 부담감으로 머리에 원형탈모증까지 생겼다고 말한 적이 있었다. 우승 이후한참 지난 인터뷰에서는 그때 생겼던 원형탈모증이 없어졌다고 했다.

플레이가 잘되고 있을 때는 문제가 아니다. 인생이나 골프나 잘 안될 때가 더 많다는 데 문제가 있다. 이를 위한 해결 방법으로는 우선 평소 자신의 잘한 샷을 계속 복기해보는 등 자신감의 회복이 필요하다. 불안과 두려운 감정을 회피하지 말고 있는 그대로 당당하게 받아들이는 자세가 중요하다. 또 두려운 상황을 둔감하게 여기게끔 지속적인 연습을 해야 한다. 욕심을 버리고 결과에 집착하기보다는 경기 자체를 즐기는 것도 하나의 방법이다.

나쁜 샷을 치게 되면 화가 날 수 있다. 잠시 감정이 격해져도 큰 문제가 되지는 않는다. 진짜 문제는 나쁜 감정을 떨쳐내지 못해 다음 샷에 부정적인 영향을 미치면 플레이가 곤두박질친다는 것이다. 〈『골프, 멘탈 경기의 예술』 중에서, 조셉 패런트〉

타이거 우즈는 '10야드 법칙'을 지킨다고 한다. 샷이 잘못되어 아무리 화가 나더라도 다음 샷 장소를 향해 10야드 정도 걸어갈 때쯤이면 방금 한 샷을 잊고 이제부터 할 샷에만 집중한다는 것이다.

샷을 하기 전에도 부정적인 어두운 면이 떠오를 때가 있다. 어두운 면이란 무의식적인 경우까지 포함하여 모든 부정적인 습관과 오래된 버릇들이다. 연습 중에는 자주 나타나지 않으나 심리적 압박감 속에서 치러지는 경기에서는 나타나서 대재앙이 된다. 이럴 때는 '정지(stop)!'를 외쳐라. 그렇게 하면 마음에 평화가 오고 다시 신념이 강해질 것이다. 《『골퍼와 백만 장자』 중에서. 마크 피셔》

인생이나 골프에서 나타나는 힘든 어려움을 돌파할 수 있는 용기와 힘, 지혜와 같은 내적 자원을 제공하는 것이 '회복탄력성'이다. 누구에게나 회복탄력성이 내면 깊숙이 잠재되어 있다고 한다.

인생에 있어서 회복탄력성이란 대인관계, 유연성, 끈기, 자기조절, 긍정성, 자기 돌봄 등을 말하는 것으로, 이러한 마음 근육을 키워 눈앞에 나타난 시련에 적극 대처할 수 있다.
《『하버드 회복탄력성 수업』 중에서. 게일 가젤》

필드 도처에 숨어있는 어려움과 장애물을 극복하는 과정에서 자기의 내면에 있는 회복탄력성을 어떻게 잘 끌어올려서 현재의 실수를 빠르게 극복하여 목적지까지 무사히 가는가가 무엇보다 중요하다.

2021년 코리안투어에 참가했던 73세 최윤수 프로는 17세 송민혁 프로가 "저는 우승 경쟁을 하면 떨려서 2등이나 3등을 한 적이 많다"라며 조언을 구하자 "상대방이 어떻게 치든 내가 목표로 정한 스코어에만 집중했더니 우승을 많이 할 수 있었다. 18개 홀을 다 집중하긴 어려우니 처음 3개 홀, 마지막 3개 홀에서 집중하면 우승 확률이 높아진다."라고 답했다. 코리안투어에서 11승을 했던 한국골프의 전설 최윤수 프로가 한 말이다.

우리가 감정을 통제하고 잘 관리하는 것은 인생을 살아가는 데도 중요한 덕목 중 하나이다. 감정도 골프 플레이의 일부이듯 인생에서도 마찬가지다. 무조건 인내하고 참으라는 말이 아니다. 그 상황에 맞게 잘 대응하자는 것이다. 그러나, 그 중심에는 항상 내가 존재한다. 상대가 어떻게 하든지 내가 나의 인생이나 게임을 이끌어나가야 한다. 내가 나의 길잡이다. 부단한 연습으로 회복탄력성을 강화해서 나의 '유리멘탈'에 대비해야 한다. 무의식에서도 흔들림이 없는 스윙이 나올 때까지 부단히 나를 단련시켜야 한다. 스윙하는 2~3초 동안의 짧은 순간순간에 집중하는 강한 나의 멘탈만이 해답이다.

'컷오프'(cut-off)는 또 다른 시작

저게 저절로 붉어질 리는 없다
저 안에 태풍 몇 개, 천둥 몇 개, 벼락 몇 개
    *– **詩** '대추 한 알' 중에서, 장석주 시인*

골프투어 선수들이 가장 싫어하는 것이 바로 컷오프다. 싫
지만 선수들에게는 그런 기회가 자주 온다. 성적순으로 컷
(Cut) 통과하니까 나머지 절반 정도는 예선 탈락(컷오프)이다.
우승은 못하더라도 예선만 통과해도 그해 시드권은 확보할
수 있다. 매 시즌이 끝나면 컷오프를 한 번도 당하지 않은
선수가 간혹 뉴스에 등장하기도 한다. 현재 LPGA에서 활동
중인 유소연 선수는 60회 연속 예선 통과로 유명하다. 그만
큼 어렵다. 점점 시즌이 진행되다 보면 우선 컷 통과를 목표
로 하는 선수들이 많아진다.

골프는 우리의 삶과 같다. 골프투어에 참가한 모든 선수들

은 중간 성적이 나쁘면 시합 중에 탈락된다. 이것을 '컷오프'
라고 한다. 우리들 삶에도 수많은 컷오프가 있다. 입시가 그
렇고 취직시험이 그렇고 결혼이 그렇듯이 우리들이 살아가는
매일매일에서 수많은 탈락의 고배를 마신다. 하지만 그 고난
이 우리를 성장하게 만든다. 컷오프는 끝이 아니라 다른 시작
을 의미한다. 골프 경기에서의 컷오프도 그 선수의 끝이 아니
라 거듭나는 과정이다. 그러나 많은 선수들이 이 컷오프에서
사라지는 것도 사실이다. 컷오프는 우리를 강하게도, 좌절하
게도 만든다. 《『버디』 중에서, 만화가 이현세〉

처칠도 성공이란 "열정을 잃지 않고 실패를 거듭할 수 있
는 능력"이라고 했다. 컷오프와 같은 실패를 거듭할 수 있
는 용기와 자신이 없다면 성공은 기대하기 어렵다. 선수들
이 아쉽게 컷오프로 집에 일찍 돌아오는 날이 몇 번 반복되
면 "수고했다." "애썼다." "힘내!" 이런 말조차도 듣기 싫어
한다. 그럴 때면 서로서로 말을 아껴야 한다. 사랑하는 이가
홀로 고립되어 가는 모습을 보는 것도 힘든데, 아무것도 해
주지 못하고 지켜보기만 하는 것도 안타까운 일이다.

컷오프로 마음이 상해있는 선수에게, "다른 선수들은 잘
만 하는데 넌 그렇게 오랫동안 했으면서도 그것밖에 안 되
냐!", "머리가 나쁜 거냐? 똑같은 실수를 몇 번이나 반복하
게…" 이런 말을 한다면 선수의 마음은 어떠하겠는가.

'컷오프'(cut-off)는 또 다른 시작

직장에서도 능력이 가장 중요하다고 믿지만 따뜻함이 사람들을 평가하는 가장 중요한 요소라고 한다. 칭찬의 말도 좋지만, 더 나아가서 그 사람 자체를 인정해주는 말은 더 따뜻한 말이다. 상대를 지지해주는 말은 따뜻한 말이다. 〈『듣고 싶은 한마디, 따뜻한 말』 중에서, 정유희〉

"누군가의 인생을 평생 업고 갈 수 있는 타인은 없다. 하지만 방향만 맞으면 얼마든 함께 걸을 수는 있다… 염치없이 부탁하는 입장이니 아주 최소한의 것들만 바라기로 한다. 이 시(poem)를 들어 달라는 것, 그리고 숨을 쉬어 달라는 것"이라고 가수 아이유는 노래 '러브 포엠(Love poem)'에서 그렇게 위로한다.

골프에서 컷오프당한 선수의 마음을 대변하는 것 같다. 그런 날이면 들려주고 싶은 노래다.

또 한 번 너의 세상에 별이 지고 있나 봐
숨죽여 삼킨 눈물이 여기 흐르는 듯해
할 말을 잃어 고요한 마음에 기억처럼 들려오는 목소리
I'll be there 홀로 걷는 너의 뒤에
Singing till the end 그치지 않을 이 노래
아주 커다란 숨을 쉬어 봐
소리 내 우는 법을 잊은 널 위해 부를게
Here I am 지켜봐 나를, 난 절대

Singing till the end 멈추지 않아 이 노래
너의 긴 밤이 끝나는 그 날
고개를 들어 바라본 그곳에 있을게

어떨 때는 위로를 참아주는 사람이 가장 위로가 된다는
말도 있다.

컷오프를 몇 번 혹은 연속해서 수차례 겪다 보면 경기 참
가에 대한 두려움조차 생길 수도 있다. "또 컷오프당하면 어
떡하지?" 실패에 대한 두려움은 다음 샷을 방해한다. 이럴
때 자칫하면 슬럼프라는 것이 따라온다. 슬럼프는 자신감이
떨어지면서 생기는 현상이기에 멘탈강화로 극복해야 한다.
골프는 결국 미스샷의 게임이다. 골프선수뿐만 아니라 모든
스포츠 선수는 오랫동안 운동을 계속하려면 지는 것에 익숙
해야 한다. 패배와 컷오프 등의 실패에 눈물만 흘리고 있어
서는 안 된다. 그만큼 더 강해져야 한다.
샷의 결과가 어떻든 받아들이겠다는 의지와 해결할 수 있
다는 생각이면 컷오프의 위기를 나름 극복할 수 있을 것이
다. 딸도 3번 연속 컷오프 이후에 바로 우승했다. 물론 이런
경험을 10년 이상 해오고 있지만, 여전히 그런 상황이 부닥
치면 힘들어지고 다시 적응해나가는 반복이다. 시간이 지나
면서 예전과 다른 점이 있다면 선수나 가족이나 회복탄력성
이 다소 좋아졌다고나 할까. 그래도 여전히 컷오프는 선수
나 가족에게나 늘 새로운 도전이다. 주위에 있는 사람들의

'컷오프'(cut-off)는 또 다른 시작   **51**

따뜻한 격려, 자기가 믿고 있는 신앙의 도움, 명상, 골프를 시작했을 때의 초심으로 다시 돌아가기, 충분한 휴식 등으로 컷오프와 슬럼프의 늪으로부터 빠져나와야 한다.

우리는 망각과 기억을 동시에 품고 살아가기에 좋지 않은 기억은 빨리 잊어버린다는 것이 그렇게 쉽지 않다.

야구의 류현진 선수도 "잘한 것은 오래 가져가고, 못한 것은 빨리 잊는다."라고 했다.

지나간 것에 대해 연연해 않고 쉽게 망각할 수만 있다면 훨씬 더 행복할 수도 있겠지만, 가끔은 생각할수록 화가 더 치밀어오르는 기억의 파편들도 있다. 컷오프나 이미 지나간 미스샷, 짧은 거리에서 놓친 퍼팅 등 실수투성이로 끝난 경기를 계속 기억해봐야 자기의 잘못한 실수에 대해 후회와 책망하는 일밖엔 없다.

'실수하지 않았다면 어떻게 되었을까'라는 생각 따위도 필요 없다. 컷오프로 세상이 무너지는 것도 아니다. OB가 나고 그린 위에서 쓰리 퍼터를 했다고 프로 자격이 박탈되는 것도 아니다. 세상은 지금처럼 여전히 계속 즐겁게 돌아가고, 내일도 변함없이 태양은 또다시 떠오른다. 확률 게임인 골프에서 이번에는, 오늘은 잘 안 풀린 경우일 뿐이다. 다음에 잘하면 된다. 다시 시작이다. 그래서 컷오프와 동시에 다음 시합을 위해 연습장으로 향해야 한다. 나락으로 떨어져 보아야 일어날 명분도 선다. 인생도 실수투성이로 살아가는 것이다. 다시 일어날 수 있는 용기만 있으면 된다. 시작은 언제나 오늘이다.

기본에 충실하자

좋지 않은 스코어로 라운드했다면 잊어버려라.
다음 라운드도 그렇다면 기본으로 돌아가라.
그래도 마찬가지라면 프로에게 도움을 청하라.

– 스코틀랜드 명언

미국 여자프로골프(LPGA)에서 투어 중이던 김세영 프로
가 투어 사상 72홀 역대 최저타(257타)와 최다 언더파(31언더
파)라는 세계 신기록으로 우승한 적이 있었다. 우승 소감에
서 그녀는 자신을 믿고 후원해주던 회장의 조언이 큰 힘이
되었다고 했다. 그 조언은 단순했다. "전체적으로 스윙할 때
너무 힘이 들어간다." 그런데 그녀는 누구나 해줄 수 있는
그 조언을 듣는 순간, 마치 오랫동안 소중히 간직하고 있다
가 잃어버렸던 뭔가를 다시 찾은 기분이 들었다고 한다. 골
프를 처음 배울 때 귀가 따갑도록 들었던 조언이었는데 말
이다. 바로 '기본으로 돌아가라.'라는 것이다.

골프에서 강조하는 멘탈도 기본기가 튼튼할 때 더 빛을 발하는 거다. 기량이 기본으로 뒷받침이 되지 않는다면 그 멘탈도 허망하게 와르르 무너진다. 현상의 기본인 본질을 이해하고 대비해야 한다.

하수는 결과를 무서워하고 고수는 원인을 두려워한다. 하수는 현상인 파도만 보고 고수는 본질인 바람을 본다. 〈영화 '관상'에 나오는 대사〉

50세 이상 선수들이 참가하는 미국프로골프(PGA) 2021년 챔피언스 투어에서 최고령 우승의 금자탑을 쌓은 이가 있다. 바로 '시니어 투어의 제왕'이라고 부르는 베른하르트 랑거(64, 독일) 선수다. 그는 2007년 챔피언스 투어 데뷔 이후 2022년까지 16년 동안 매년 우승을 거른 적이 없다. 현역 시절에는 지독한 퍼팅 입스(yips 불안증세)에 시달리면서도 1985년과 1993년 마스터스에서 우승한 입지전적인 선수다. 그는 꾸준한 자기 관리와 함께,

"골프는 기본이 가장 중요하다."라는 철학을 아직도 가지고 있다.

열여덟 살 때부터 스윙 코치가 가르쳐 준 내용을 직접 손으로 적어 놓은 노트를 지금도 골프 백에 넣어서 다니며 꺼

내 본다. 그립과 어드레스, 백스윙, 다운스윙 등 기본 동작에 대한 설명이라고 한다.

제나라 경공이 정치에 관해 묻자 공자는 "군군신신 부부자자(君君臣臣 父父子子)"라고 답했다. 자기 직분인 기본에 각자 충실하라는 거다. 난관을 극복하려니 오히려 불필요한 힘이 더 들어갈 수 있다. 힘들수록 힘을 빼고 다시 기본으로 돌아가야 한다. 음수사원(飮水思源). 물을 마실 때도 갈증 해소에만 만족하지 말고 근원을 생각한다는 말처럼, 기본으로 돌아가 보아야 비로소 왜 이런 문제가 발생했는지를 알 수 있다. 세월의 무게에 짓눌려 불가피하게 엉켜있는 소소한 문제들을 하나씩 찾아내어 그 실마리를 풀어나가야 한다.

기적은 우연히 이루어지지 않는다. 매일 조금씩 꾸준히 준비하는 자만이 그 기적을 맛볼 수 있다. 인생은 우연과 필연의 연속이라지만 우연히 우승을 거머쥐는 선수는 거의 없다. 성공한 골프 프로들도 시합이 뜻대로 풀리지 않을 때는 기본으로 다시 돌아가서 힘부터 빼는 연습을 한다. 1m 거리 퍼팅 연습을 100번 반복하기 등 땀과 눈물과 인내의 시간만이 그 달콤한 승리의 기적을 보장할 수 있다.

골프에서 타수의 약 43%를 차지하는 퍼팅은 중요한 부분을 차지하면서도 가장 어려운 부분이다. 골프는 드라이버,

아이언샷 등 점수에 미치는 여러 요인이 있지만, 퍼팅만 잘해도 몇 타는 줄일 수 있다. 퍼팅을 잘하는 것이 곧 골프를 잘하는 기본이 될 수도 있다.

1m도 채 안 되는 거리를 홀인하지 못했을 때 선수들이 느끼는 자괴감은 매우 크다. 퍼팅을 잘하기 위해서는 그린 라인 읽기, 그린 상태 파악, 에임 포인트 조준 능력과 퍼터 헤드를 정확히 맞출 수 있는 기술 등 기본 능력을 갖춰야 한다. 미국의 골프교습가 Davic Mackenzie는 퍼팅을 잘하기 위한 심리기술훈련 방법으로 10가지를 제시했다.('골프한국' 기사, 2021.9.21.)

1. 연습 그린에서 두 번째 퍼팅은 절대 하면 안 된다.
2. 퍼팅 연습 시 눈을 감고 스트로크해본다.
3. 같은 지점에서 여러 개의 볼을 사용하면 안 된다.
4. 홀을 작게 만들어 연습한다.
5. 퍼팅 라인을 읽을 때, 모든 감각을 사용해야 한다.
6. 퍼팅 라인과의 정확한 정렬을 위한 자신만의 방법을 만든다.
7. 볼이 홀인되는 것을 상상하며 연습한다.
8. 자신만의 프리샷 루틴을 개발한다.
9. 스트로크를 수행하기 전 어드레스에서 라인이 다르게 보이면 자세를 풀고 프리샷 루틴부터 다시 시작한다.
10. 모든 준비가 되면 볼을 퍼터 헤드 중앙으로

히팅하는 것에 집중해야 한다.

흔히 바둑을 둘 때 승부에 집착하여 몰입하다 보면 객관적이고 냉철한 시각을 놓칠 수 있다. 오히려 구경하는 사람들이 수를 더 잘 읽을 수 있다. 김세영 프로에게 조언했던 회장처럼 '한 걸음 물러서서' 인생이나 골프나 전체를 무심히 조망해보고, 혹시 내가 놓치고 있는 기본이 무엇인가를 다시한번 생각해 보아야 한다.

기회는 언제나 온다

기회는 포착할 준비가 된 사람들만 따라 다닌다.
어떤 사람들의 눈에는 기회만 보이고,
어떤 사람들의 눈에는 문제만 보인다.

– 나폴레온 힐

골퍼들은 어려운 코스를 만나면 누구나 힘들어한다. 잘못
해서 성적이 형편없이 나올까 걱정하기 때문인지 모른다.
그러나 인생이나 골프에서 성공한 사람들은 이런 두려움을
잘 극복한 사람들이다. 이들은 어떤 장애물을 만나더라도
자기 방식대로 잘 이겨내면서 위기를 벗어난다. 그러다 보
면 또 다른 좋은 기회가 찾아온다.

전·후반 각각 9홀씩 나누어져 있는 골프는 마치 인생
전·후반과 같다. 야구도 9회전이지만 한 번으로 끝난다.
그러나, 골프는 전반전을 망쳤더라도 또 한 번의 기회가 주

어진다. 또 다음 라운드에서 잘하면 된다. 앞 홀에서의 실수에 연연해서 충분히 만회할 수 있음에도 대처를 제대로 하지 못하면 연속해서 실수할 수 있다. 이번 대회에서 우승자가 또 우승할 수도 있다. 반면에, 이번 대회 우승자라도 다음에는 예선 탈락할 수도 있는 것이다.

그래도 괜찮다. 기회는 언제나 오게 마련이다. 누군가는 오는 기회를 또 잡고 누군가는 자주 오는 기회조차 번번이 놓친다. 초청선수가 벼락 우승하는 사례도 있다. 오기 힘든 기회가 왔을 때 잡게 되면 인생 역전이다. 비록 금수저나 은수저가 아니더라도, 아무리 개천에서 용이 나오기 어려운 현실이라도 실력과 능력을 갖추고 있다면 기회는 언제나 찾아오는 법이다.

모든 기회에는 어려움이 있으며 모든 어려움에는 기회가 있다. 〈시트로우 백스터〉

2020년 8월 23일 LPGA 투어 시즌 첫 메이저 대회인 AIG 여자오픈에서 조피아 포포프(28, 독일) 선수가 우승했다. 그녀는 투어 우승은커녕 그해 시즌 출전권도 없던 선수였다. 세계 랭킹 304위로 2015년 데뷔 이래 2부 투어에서 더 많은 시간을 보냈는데 2부 투어에서도 우승 한번 못했다. 그녀는 대회 2주 전 뜻밖에 마라톤 클래식 출전권을 얻었다. 코로나 사태로 출전을 포기한 선수가 많아 2부 투어 상위 랭킹인 그에게도 기회가 온 것이다. 이 대회에서 1부 투어 처음으로 공동 9위로 AIG 여자오픈 출전권을 따냈고 결국 이 대회에서 2위와 2타 차로 독일 여자 골프선수로서 첫 메이저 우승을 했다. 역대 여자 메이저 챔피언 중 그보다 세계 랭킹이 낮은 선수는 없었다. 그는 기자회견에서 그동안 라임병으로 고통받아온 5년 고통의 시간을 언급했다. 라임병은 진드기에 물리면서 균에 감염되어 말초신경염, 심근염, 근골격계 통증 등으로 번지는 질환이다. 그해 시즌 1부 투어 조건부 시드조차 잃으면서 은퇴를 생각했지만,

"인생길에 던져진 숱한 장애물이 있을 뿐, 나는 스스로 충분한 실력을 갖췄다고 믿었다"라고 말했다.

한 번도 실패나 실수하지 않는 것이 중요한 것이 아니라, 실패를 거듭하더라도 포기하지 않고 다시 오뚜기처럼 벌떡 일어서는 불굴의 투지와 의지가 더 중요하다. 위기는 또 다른 기회라고 하지 말자. 위기는 위기일 뿐. 위기가 오지 않도록 대비하자. 우리가 모르는 사이에도 기회는 언제나 우리 곁에 다가오고 있고 지금도 이미 와 있는지 모른다. 기회에 적극적으로 다가갈수록 성공확률은 점점 더 높아진다.

꾸준하게 오랫동안

골프를 즐기는 것이 바로 이기는 조건이 된다.

— 헤일 어윈

2021년 5월, 미국의 필 미켈슨이 메이저대회 PGA 챔피언십에서 우승을 차지했다. 이 대회에서 필 미켈슨은 51세(만 50세 11개월)로 메이저대회 최고령 우승기록을 갈아치웠다. 종전에는 1968년 48세의 줄리어스 보로스였다. PGA 역사상 노장 선수의 활약은 많았다. 잭 니클라우스의 46세 마스터스 우승(1986), 타이거 우즈의 43세 마스터스 우승(2019) 등이 대표적이다. 국내에서도 최상호 프로가 메이저대회인 매경오픈(2005)에서 51세로 우승한 바 있다. 한국인 최초로 PGA 투어선수로 첫 우승을 했던 최경주 프로는 PGA 챔피언스 투어에서도 2021년 51세로 우승을 했다. 그는 동갑내기 필 미켈슨의 우승에서 자극을 받았다고 했다.

LPGA에도 최근에는 한국처럼 20대 위주 선수들이 많이 활동하고 있지만, 한때는 30대 선수들이 대부분 전성시대를 이루었다. 여자 선수로는 유일하게 한 라운드 59타로 골프 역사상 가장 위대한 선수로 기억되고 있는 스웨덴의 안니카 소렌스탐은 32세에 개인 최다승인 11승을 거두었다. 35세에는 10승도 했다. 그리고 2007년인 37세에 은퇴를 하기까지 90개의 국제 토너먼트 대회에서 우승하였다. 그녀는 2021년 13년 만에 LPGA 대회에 출전하기도 했다.

한국인 처음으로 LPGA 명예의 전당에 가입한 박세리도 38세에 은퇴했다. 호주의 유명한 프로골퍼 '백상어' 그레그 노먼을 닮아 '여자 백상어'로 불린 캐리 웹은 40세에 3차례 우승도 하였다. 아직 투어에 참가하면서 후배양성에도 큰 관심을 가지며 사회 활동도 병행하고 있다.

1960년생인 미국의 줄리 잉스터는 61세가 된 2021년에 두 번 우승했던 US여자오픈에 참가하기도 했다. 1969년생인 카트리나 매튜도 왕성하게 대회에 참가하고 있다. 47세 나이에도 드라이버 비거리가 260야드까지 나갔다. 영국의 로라 데이비스는 58세의 나이에도 아직 현역 선수들과 필드를 누비고 있다. 2021년에도 영국 스코틀랜드에서 열린 AIG 여자오픈에 출전해 41번째 출전기록을 세웠다. LPGA 투어에서만 589개 대회에 출전했고 423개 대회에서 예선 통과했다.

골프는 다른 스포츠와 다르게 신체적 체력적인 조건보다 멘탈 요소가 더 중요하기 때문에 노장 선수들의 활약이 돋보일 수 있다. 그래도 국내 KLPGA 1부 투어 선수들은 20대 초·중반이 주류이며 30대 초반만 되어도 노장으로 불릴 성도이다.

현재 KLPGA 시합에 참여하는 140여 명의 선수 가운데 30대 이상은 대략 10% 정도다. 아직 40대는 눈에 띄지 않는다. 30대에 들어서면 자연스럽게 신체적 변화로 비거리도 떨어지면서 성적이 하락하고, 거의 매주 치루는 대회 일정으로 인해 누적되는 극심한 피로감과 부상의 위험, 성적 부진에 따른 자괴감 등으로 힘들어하고 하는 것 같다.

또 결혼 후 육아 등으로 골프를 포기하는 사례도 있다. 그리고 치열한 경쟁의 무대에서 후배 선수들의 은근한 눈치도 보이고 해서 은퇴하는 경향도 있다. 최근 은퇴한 모(某) 프로도 인터뷰에서 "한국 대회에 나오면 제가 있으면 안 되는 자리 같다는 생각이 들어요. 세대교체가 워낙 빠르다 보니 제가 이 자리를 지키는 게 후배들에게 미안한 느낌이 들 정도입니다."라고 말했다. 이런 분위기 때문에 국내에서 우승을 몇 번 한 프로선수들 가운데는 일본 등 외국행을 선택하는 경우까지 있다.

30대 중반인 홍란 프로는 2004년 8월에 입회한 이후 2021년까지 총 356개 최다 대회 출전, 최다 컷 통과(287경기)로 통산 4승을 했으며, KLPGA투어에서 처음으로 1천 라운드 출전이라는 대기록을 세웠다. 17년간 최다 연속 시드권을 획득한 결과이다. 그는 어느 인터뷰에서 오랫동안 활동할 수 있는 이유로 연습보다는 적당한 체력 훈련을 들었다.

딸이 2012년에 처음으로 1부 투어에 조건부 출전하고 느낀 점은 기본 체력이 뒷받침되지 않으면 우승권에 진입할 수 없다는 사실이다. 타이거 우즈도 어떤 기상변화에도 지치지 않는 체력이 뒷받침되어야 한다고 강조했다. 속도를 조절하는 힘은 다리에서 나오기 때문에 매일 달리기 등을 통해 튼튼한 하체를 유지한다고 했다. 그가 말했듯이,

강한 체력은 연습의 기본 조건이며 바탕이다.

외국의 베테랑들이 오랫동안 활동할 수 있는 비결도 그들의 인터뷰를 종합해 보면, 웨이트 트레이닝 등 꾸준한 체력 훈련을 든다. 그리고 골프 시즌이 끝나면 골프를 잊고 골프 이외의 삶을 충분히 즐기면서 가족과 함께 삶의 균형을 맞추면서 즐겁게 살아가는 것이 그 원동력이라고 했다. 물론 대회 참가 조건이 국내와는 다르게 생애 통산 상금이라든지 참가 대회 수, 우승자 출신 등 대회 참가 기회가 다양하게 주어지기 때문일 수도 있다.

1995년에 입회하여 정규투어 통산 우승 8회를 하고 LPGA에서 7년을 보냈던 정일미 프로는 40세에 은퇴하여 학생들을 가르치며 국내 챔피언스투어에 2014년부터 계속 출전하여 통산 13회의 우승을 했다. 그는 그동안 투어 생활 경험과 학생들을 지도하면서 알게 된 이론이 합쳐져서 오히려 시너지 효과를 톡톡히 보고 있다고 한다. 하여튼 기본 체력을 계속 유지하고 긍정적인 사고를 견지한다면 적어도 골프는 다른 스포츠에 비해 오랫동안 선수 생활을 할 수 있다. 물론 쉽지는 않을 것이다.

최근 국내에도 갈수록 증가하는 상금액과 대회 규모, 골프에 대한 높은 열망으로 나이 어린 선수들이 유년 시절부터 체계적인 훈련을 잘 받아 매년 두각을 나타내고 있다. 전 세계적으로 한국 선수들이 두각을 나타내는 주요 요인으로 아마추어 시절부터 우수자를 국가대표, 상비군으로 일찍 선발하여 조직적으로 잘 관리해 주고 KLPGA의 체계적인 경연 시스템, 헌신적인 가족과 대기업의 아낌없는 후원 덕분이라고 보는 견해가 있다. 국내의 이런 현상을 본받아 미국, 태국 등에서도 어린 시절부터 골퍼로 만들려고 전폭적으로 지원하는 추세다.

KLPGA에는 K-10 클럽이 있다. 정규투어에 연속 10년을 활동하고 해당 시즌 정규투어 전체(상금, 대상 포인트, 타수 등) 공식기록이 인정된 선수들이 대상이다. 2021년까지 여기에는 14명의 선수가 가입되어 있다. 김보경, 김지영2, 김지현2, 김초희, 김혜윤, 박유나, 안송이, 윤슬아, 이승현, 이정민, 조윤지, 최가람, 허윤경, 홍란 프로이다. 이 가운데는 2019년에 6명, 2020년에는 2명, 2021년에는 1명이 가입하였다. K-10에 가입하려면 적어도 30세 정도는 되어야 한다. 현재 이들 가운데 투어 활동을 계속하고 있는 선수는 3명뿐이다.

딸도 이제 30대가 되었지만, 언젠가 인터뷰에서 홍란 언니처럼 멋지게 오랫동안 골프를 할 수 있었으면 좋겠다고 말했다. 언니들이 열심히 하는 모습은 후배들 눈에 신선하고 바람직한 모습으로 비칠 수도 있다. 갓 10~20대의 팔팔한 패기와 30대 이후의 노련미가 어우러져 더욱 돋보이고 풍성한 대회가 되면 더 바람직할 것이다. 비록 현재는 똑같이 선의의 경쟁대상자이지만, 30대 이상의 베테랑 선수들 존재가 바로 그들의 머지않은 미래가 될 수도 있기에 서로 격려하며 응원할 일이다. 한층 더 젊어지는 세계적인 추세 속에서도 베테랑 선수들이 꾸준하게 오랫동안 행보를 이어가길 기대해 본다.

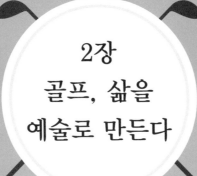

2장
골프, 삶을
예술로 만든다

골프는 인생을 닮았다

골프를 보면 인생을 생각하게 되고,
인생을 보면 골프를 생각하게 된다.

– 헨리 롱허스트

다른 스포츠와는 달리 골프 관중을 흔히 갤러리(gallery)
라고 부른다. 원래 갤러리는 미술품을 진열, 전시하고 판매
하는 미술관이나 화랑을 뜻한다. 초창기 골프는 상류층만
이 누릴 수 있는 고급 취미생활로 골프 대회 개최 시에도 극
히 소수의 선수와 사람들만이 참여할 수 있었다. 그들이 푸
른 잔디, 우거진 숲, 구름과 맑은 하늘 등으로 이루어진 자
연 속에서 진행되는 골프 대회가 마치 미술관이나 극장에서
예술 작품을 감상하는 것과 비슷하다는 의미로 '갤러리'라는
말이 유래되었다고 한다.
　인간은 누구나 아름다움을 추구하는 존재이다. 예술은 아
름다움 자체라기보다는 우리가 느낀 아름다움을 표현하고

그것을 재현해 내는 것을 말한다. 골퍼들이 자연 속에서 아름다운 스윙을 표현해내는 모습 그 자체도 일종의 예술이며 그 맥락에서 갤러리의 표현도 자연스럽게 나온 것 같다.

골프를 통해 우리는 삶이 예술이 되는 순간을 보게 된다.

골프는 티잉 그라운드에서부터 홀에 이르는 과정이 너무도 인생과 닮아있다. 코스 곳곳에는 나의 인내, 용기, 겸손, 자만, 욕심, 정직 등을 시험하기 위한 장애물이 깔려있다. 그래서 골프를 단순한 오락을 넘어 인생의 여러 가지 교훈을 주는 철학적 게임이라고도 한다.

독일 철학자 하이데거는 인간을 "이 세계에 내던져진 존재(being thrown)"라고 했다. 인간은 자신의 의지와 관계없이 태어난 것처럼 수동적이고 우연적인 존재라고 본다. 프랑스 철학자 사르트르는 "인생은 B(Birth)와 D(Death) 사이의 C(Choice)"라고 했다. 인간은 태어나서 죽을 때까지 여러 가지 선택을 하게 되며, 순간순간 선택할 자유가 있고 그 선택에 대한 책임을 지며 살아간다는 의미이다. 그리고 또 한 명의 철학자 칼 포퍼의 말을 빌리자면, "모든 삶은 근본적으로 문제해결이다. 영원히 올바른 것은 없다."라고 했다. 골프에 이런 인생의 철학적 의미가 모두 고스란히 담겨 있다. 필드에서 외로운 고민을 늘 홀로 하게 되며 어떤 골프채로 어떻게 공략할 것인가 등 숱한 선택과 결정을 통해 수시로 부딪

치는 문제를 하나씩 해결하면서 다음 단계로 나아가는 골프는 우리 인생과 무척이나 닮아 있다.

철학자 니체는 '짜라투스트라는 이렇게 말했다'에서 우리의 인생을 의무와 희생으로 점철된 낙타 같은 삶, 무엇으로부터의 자유(freedom from)의지를 상징하는 사자 같은 삶 그리고 진정한 자기 욕망에 충족하는 어린아이 같은 삶으로의 변신을 이야기한다. 나는 지금 인내심과 희생의 숭고함을 이해하는 낙타같은 삶의 단계를 거치고, 사자 같은 삶의 단계에 머물고 있다. 이젠 무엇으로의 자유(freedom to)를 상징하는 어린아이처럼 나의 욕망을 욕망하고 싶은 단계로 향하고 있다. 그래서, 그동안 낙타 같은 삶을 사느라고 제대로 하지 못했던 골프라는 흥미로운 스포츠도 이젠 맘껏 즐기고 싶다.

인생에 3가지 독(毒)이 있는데 욕심과 불만, 분노라고 한다. 골프장에서도 이 3가지 독이 여전히 우리를 힘들게 한다. 잘해보겠다는 욕심, 뜻대로 안 되면 자신에게 쏟아내는 불만 그리고 자신의 무능을 참지 못하고 내뱉는 분노가 그러하다. 인생도 실수투성이듯이 골프도 그러하다.

삼성그룹 이병철 회장은 일본 소학교로 유학을 떠나는 어린 이건희에게 "골프를 배우게 되면 세상의 이치를 알게 된다."라며 골프 배울 것을 당부했다고 한다. 이건희 회장 또

한 아들 이재용에게도 "골프는 집중력과 평상심을 키워준
다."라며 그룹 임직원들과의 화합을 위해 라운드를 권했다고
알려져 있다.

한국레저산업연구소에 따르면 2021년 국내 골프 인구는
515만 명이라고 한다. 전체 인구의 약 10% 수준이다. 전
국민 10명 중 1명은 골프를 친다는 통계다. 실제로 칠 수
있는 가용인구를 고려하면 그 이상이 될 것 같다. 코로나로
인해 10% 정도가 오히려 늘어났으며 골프를 치기 시작한
지 3년 이하 골프 입문자 중 20~40대가 약 65%를 차지한
다.(중앙일보 2021.7.23.) 그러나, 아직도 비싼 골프비용은 다
소 부담스러운 것이 사실이다.

다행히 스크린 골프장에서는 합리적인 비용으로도 골프를
즐길 수가 있고, 연습장을 자주 이용하면서 유튜브 동영상
등으로도 어느 정도 독학도 가능하다. 굳이 전문 프로 수준
이 되길 원하지 않는다면 필드에는 한 달에 1회 정도만 나
가도 된다. 이런 방식으로 즐기는 것도 괜찮을 것 같다. 의
외로 이렇게 골프를 즐기는 사람들도 꽤 많다.

나의 골프 수준은 보기플레이 정도이다. 실상 직장생활을
하는 동안에는 골프를 즐길만한 여유도 별로 없었다. 시작
한 지는 오래되었으나 힘들게 투어 생활을 하는 딸을 보면
서 만일 내가 제대로 골프를 배우게 된다면 분명히 딸에게

시시콜콜 간섭할지도 모른다는 우려와 딸의 애환이 묻어있는 골프를 나 혼자 즐기는 것은 좀 미안해서라는 변명으로 나의 부족한 실력을 두둔한다. 은퇴한 이후에야 비로소 시간과 여건이 되어 나름대로 최대한 골프 여가를 즐기고 있고, 골프가 주는 가치를 새삼 느끼고 있다.

골프는 절제의 스포츠다. 낮은 점수를 얻는 사람이 이기는 게임이다.

골퍼는 욕심을 절제하여 더 이상의 실수를 하지 않고 유지해야 한다. 마치 외로운 노인이 쉼없이 말하고 싶은 욕망을 참는 것처럼 자제해야 한다. 잘나가던 사람이라고 좋은 운이 오랫동안 지속되는 것도 아니다. 잘나가던 사람도 어이없이 한순간에 무너질 때도 있다. 미래를 함께 꿈꾸던 동업자가 한순간에 사고로 갑자기 사업을 지속할 수 없을 때도 있다. 골프를 하다 보면 이런저런 인생의 다양함도 간접적으로 엿보게 해준다.

또 골프를 통해 강함과 부드러움과 섬세함을 배울 수도 있다. 강한 드라이버샷과 부드러운 어프로치샷 그리고 섬세한 퍼팅이 그러하다. 골프는 몸과 팔 그리고 각각 길이가 다른 골프채들이 서로 부조화로 이루어내는 조화로움이 아름다움을 만들어낸다. 이 과정에서도 14개 채를 번갈아 쓰는데,

이것은 개인의 힘만으로 하기보다 도구의 특성을 제대로 잘 활용하라는 의미로 볼 수 있다. 또 각각의 골프채도 제 거리가 나오게 하려면 부단한 연습을 통해 기술을 익혀야 한다. 인생에서 성공하는 사람들은 사람을 잘 부릴 줄 아는 것처럼 골프에서도 골프채를 믿고 잘 다룰 줄 아는 골퍼가 성공할 것이다.

골프란 삶의 지혜의 보고일 수 있으며, 골프를 치는 재미란 땅속에 묻혀있는 교훈을 하나씩 캐내는 데 있다. 〈『골프는 인생이다』 중에서. 홍사중〉

골프나 인생이나 내 마음대로 잘 안 된다는 공통점이 있다. 그래서 골프는 우리에게 도전정신을 갖게 만든다.

골퍼마다 실력은 달라도 골프를 향한 열정만은 같다고 『플레이어를 위한 골프 규칙』에도 적혀 있다.

누구든지 그런 도전 자체를 즐기면 된다. 즐기라고 만들어 놓은 장소에 와서 오히려 매번 일 중독자처럼 목표 달성에만 빠져서 즐길 줄 모른다면 그것도 난센스다. 매홀 이어지는 도전 속에서 긴장하고 갈등을 해결해나가는 쏠쏠한 재미가 있다. 그 자체만으로도 스트레스가 해결된다. 힘들었던 모든 것을 그냥 내려놓고 샷을 하는 이 순간에만 집중하면서 즐기면 된다. 대회에 참가하여 긴장감이 넘쳐나는 선수들조차 나름대로 즐거움을 찾아야 한다.

골퍼는 풍부한 상상력이 있어야 한다. 상상력은 대부분 무(無)에서 유(有)를 만들어내지만 유(有)에서도 다양함이 더해지면 새로움이 만들어지기도 한다. 꾸준한 연습을 통해 기량이 숙달되면 티잉 그라운드에 서서 필드를 바라보기만 해도 어떻게 공략할지 상상력이 생기게 될 것이다. 마치 숙련된 군인들이 눈 앞에 펼쳐진 산의 지형만 바라보아도 적군이 어디로 공격해올지 상상하여 병력 배치를 어떻게 할지, 어느 능선을 주공으로 어디를 조공으로 편성하여 공격할 것인지, 혹 방어를 하게 되면 어떻게 병력을 배치할 것인지 바로 이미지로 떠오르는 것처럼 되어야 한다.

티잉 그라운드에서 미리 자신의 볼이 날아가는 모습을 그려본 뒤 스윙하고 계속 이어지는 모든 샷, 퍼팅까지도 행동하기 전에 미리 상상해본 뒤 게임을 풀어 가면 골프의 묘미가 확연히 달라진다. 매년 동일 골프장에서 대회에 참가하는 숙달된 1부 투어 프로선수들이 오랜만에 2부 투어에서 올라온 선수들보다는 대체로 유리하게 경기를 풀어나가는 것도 이러한 상상력 훈련에 이어 실제 현장 경험이 더해진 결과이기도 하다.

일반 아마추어 골퍼들은 대체로 원하는 이들과 팀을 이루어서 거의 하루 중 반나절 이상을 함께 한다. 모든 행복과 갈등은 인간관계에서 비롯된다. 골프장에서 처음 만나는 사람도 있겠지만 대부분 관계가 좋은 사람들과 만나기 때문에, 만나는 시간 동안 행복감을 느낀다. 업무의 연장이 되는 운동이라면 피곤할 수도 있다. 설혹 그렇더라도 긍정적으로 생각하며 자연 속에서 즐기면 된다. 골프는 우리에게 상대방에 대한 배려와 친절 그리고 정직이라는 큰 가르침도 준다. 정해진 규칙에 따라 정직하게 진행하며 그것이 상식으로 통하는 스포츠다.

골프의 정신은 정직이며, 이를 통해 더욱 럭셔리한 품격까지 배우고 느끼게 해주는 스포츠다.

"신이 하늘에 천국을 만들었다면, 인간이 지상에 만든 천국이 골프장이다."라는 말도 있다. 골프장에 가면 어떻게 하면 높은 점수를 딸지 궁리하기보다 눈을 들어 저 멀리 보이는 푸르른 필드를 한번 둘러보자. 생명을 상징하는 저 푸르른 잔디 위를 나르는 이름 모를 다양한 새들과 숲속에 피어 있는 여러 종류의 꽃과 나무들 그리고 이 공간을 무심히 지나가는 파란 하늘과 구름…… 함께 즐거운 표정으로 라운드 하고 있는 사람들. 이 시간만큼은 모든 것을 잊고 집중한다. 그런 시간이 골프다.

골프는 우리에게 위안을 주고 우리를 격려해준다. 물론 아쉬움도 함께 선사한다. 그래서 다음 기회에 또 도전하게 만든다. 운동이 끝나면 함께 즐겁게 식사한다. 서로 만나기 어려운 코로나 시절에도 오히려 이곳만큼은 호황을 누릴 수밖에 없는 이유이다.

골프는 라운드 내내 우리에게 희로애락을 느끼게 해주는 의미 있는 게임이다. 우리가 지금 비록 현실은 고달파도, 스스로 응원하며 성공을 꿈꾸면서 행복을 나누는 지혜를 필드에서 찾아보는 것은 어떨까 싶다.

홀인원보다 행복이다

우리는 계속 행복을 뒤로 미룬다.
우리가 행복을 경험할 수 있는 순간은 지금뿐이다.
지금 이 순간은 피할 수 없다.

— 『행복의 지도』, 에릭 와이너

우리는 살아가면서 일반적으로 돈과 권력 그리고 명예를 원한다. 이들은 가질수록 더 갖고 싶어진다. 그러나, 이런 것들을 많이 가지고 있는 자나 그렇지 않은 자의 행복의 차이는 사실상 그다지 크지 않다. 미국의 경제학자 리처드 이스털린(Richard Easterlin)은 소득이 증가하면 일정 수준까지는 행복도 증가하지만, 그 일정 수준을 넘으면 소득 증가가 행복에 거의 영향을 미치지 못한다는 사실을 발견했다. 더 많이, 더 높은 곳만 쫓다 보면 늘 결핍함을 느끼기에 만족할 줄도 모른다. 진정 행복하려면 현재에 만족하고 이를 즐길 줄 알아야 한다.

2장 골프, 삶을 예술로 만든다

골퍼라면 누구나 파3홀에서 홀인원을 한번 해보길 기대할 것이다. 홀인원 확률은 '골프 다이제스트' 기사에 따르면 150야드의 거리에서 투어프로 경우에는 1/3,000 정도, 싱글 골퍼는 1/5,000 정도이고 초보자 경우는 1/12,000 정도라고 한다. 운(運)도 따라주어야 하기에 그만큼 어렵다. 딸도 홀인원을 지금껏 한 번 했다. 그것도 프로가 되기 이전 아마추어 시절이었다. 나도 파3홀에 가면 혹시? 하고 기대해 보다가 역시! 하고 꿈을 접고 만다.

동반자가 홀인원하는 경우도 딱 한 번 보았다. 그린이 제대로 보이지 않는 곳으로 친 샷인데 그린에 가니까 공이 보이지 않아 찾았더니 홀인원 되어 있었다. 모든 동반자의 축하 속에서 그린 위에서 큰절을 올리고…… 최근에는 뒤풀이에 돈이 많이 들다 보니까 홀인원보험도 인기리에 운용되고 있다고 한다.

프로선수들도 자동차 등 엄청난 보너스가 걸려 있는 홀인원 상품 때문에 혹시나 하고 기대를 많이 한다. 실제로 거의 매 대회에서 홀인원하는 선수가 나오니까. 그런 기대를 안고 라운드를 한다는 것도 즐거운 일 가운데 하나이다. 마치 로또에 당첨되지 않았다고 하더라도 당첨 결과를 보기 전까지는 행복해질 수 있으니까. 실패해도 또 기회는 오는 거니까. 또 홀인원을 하지 못해도 달라지는 것은 없으니까 그다지 문제가 될 것도 없지 않은가. 어찌 보면 홀인원보다는 홀인원을 상상하면서 느끼는 행복감이 더 행복하게 해주는지

홀인원보다 행복이다

도 모른다.

또 꼭 홀인원이 아니면 어떠냐. 홀인원을 약간의 운이 따른 결과라고 보면 진짜 실력자들은 버디를 연거푸 하거나 싸이클 버디(파3홀, 파4홀, 파5홀에서 연속 버디)를 한다. 아마추어들은 라운드하는 동안 버디 하나로도 종일 기분이 좋아진다. 버디 하나라도 해보려는 열정. 그 자체를 즐기면 된다. 버디버디한 인생. 골프를 하면서 이처럼 행복감을 느낄 수 있는 즐거움을 즐겨야 한다.

시합이라는 명분으로 즐거움을 옭아매지 마라. 이것은 골프에 대한 모독이다. 골프는 시합이고 뭐고 간에 즐거워야 한다. 즐기고 또 즐겨야 한다.《『골프, 마음의 경기』 중에서. 이종철 프로〉

2021년 도쿄 하계 올림픽에서 우리의 탁구 신동 신유빈에게 풀 세트 접전 끝에 패한 58세 중국계 룩셈부르크 선수 니시아리안은 막내 아이와 동갑인 41세 아래 여고생에게 진 뒤 온화한 미소를 지으며,

"오늘의 나는 내일의 나보다 젊다. 도전은 멈추지 않을 것이다. 그리고 더 중요한 건 '즐기는 것'을 멈추지 않는 것이다."라고 말했다.

2장 골프, 삶을 예술로 만든다

고진영 프로는 2021년 LPGA 올해의 선수·상금·다승 타이틀을 싹쓸이하고 '꾸준함과 임팩트를 겸비하고 소렌스탐 같은 광채가 난다.'라며 미국 언론으로부터 극찬을 받는 선수다. 그녀는 어느 인터뷰에서 아마추어 선수가 골프선수로서의 삶과 개인적인 생활의 비중을 어떻게 두는가에 대한 질문에,

"나는 골프선수 고진영의 삶보다 인간 고진영의 삶을 중요시한다. 비율로 따지면 30%와 70% 정도"라고 답했다. 그리고 "골프에만 너무 집중하면 놓치는 것이 많다. 프로가 되더라도 골프만 잘하는 사람보다는 자신의 삶도 잘 보듬으면서 골프까지 잘하는 사람이 되면 좋겠다. 남자친구도 못 만나고, 탄산음료도 못 마시면서 골프를 잘 치면 의미가 있을까"라고 되물으며 "행복하게 골프 치는 게 중요하다"라고 말했다.

2014년도에 인도 델리 골프클럽에서 진행된 'Hero WOMEN'S INDIAN OPEN 2014' 유러피언투어 골프 대회에 딸이 참가하게 되어 동행한 적이 있었다. 이곳에서도 투어에 참가한 몇몇 한국 선수들을 볼 수 있었다. 이들은 중국 투어, 캐나다투어, 아시안투어 등 세계 곳곳의 투어를 찾아다니면서 도전하고 있었다. 감동적이었다. 누가 제대로 알아주지 않지만, 골프 자체를 즐기면서 세계를 당차게 다니

는 그 모습이 보기 좋았다. 행복을 찾아서 즐거움을 제대로 즐기는 골퍼의 모습을 보았다.

그리고 이 골프장에는 행사를 위해 수백 명이 입장할 수 있는 탁 트인 대형 임시막사가 설치되어 있었다. 식사와 음료뿐만 아니라 내부에는 음악 D.J가 신나게 음악을 틀어주며 축제 분위기를 한껏 고조시키고 있었다. 선수들은 물론 동행한 부모, 관계자들도 계속 들락날락하며 식사도 하고 차를 마시면서 즐겁게 대화를 나누고 이 국제 대회를 진심 즐기고 있었다. 참 행복해 보였다. 성적 위주로 늘 전쟁터 같은 국내 대회 분위기와는 사뭇 달랐다. 우리도 이렇게 축제와 같이 즐기는 골프 대회로 만들면 어떨까 하며 부러웠던 기억이 있다.

골프의 즐거움은 의외로 많다. 골퍼는 시합하는 중에도 얼마든지 즐거움을 찾을 수 있다. 그러면 더 행복해질 수 있다. 날씨와 장애물의 극복, 적절한 긴장과 우연히 찾아오는 행운, 스윙이나 퍼트할 때 오는 타구감과 짜릿함, 동반자와의 즐거운 만남, 목표 달성에서 오는 기쁨, 갤러리의 박수와 함성 그리고 응원의 소리, 팬들의 따뜻한 눈길, 방송 카메라를 통해 자신을 멋지게 보여줄 수 있는 기회, 상금에 대한 기대, 상위권으로 진출 가능 등등 특수한 상황에서도 찾아보면 의외로 많을 것이다.

그리고 행복하려고 여러 사람을 피곤하게 만드는 인위적인 퍼포먼스의 노예가 되어서도 안 된다. 홀인원하면 분명 더 행복해지겠지만, 비록 홀인원을 하지 못해도 언젠가 하겠지 하는 기대감만 있어도 좋다. 홀인원보다 소소한 도전에 성공하는 일상의 즐거움이 더 의미 있다. 나도 지금은 가족이 함께 라운드를 가끔씩 하지만, 나중에는 사위나 며느리들과도 함께 하고 싶고 먼 훗날에는 손자와 손녀들도 함께 하는 꿈 너머 꿈을 꾸어본다. 그 어려운 확률의 홀인원보다는 멋진 미래를 꿈꾸면서 현재에 만족하고 즐거움을 즐길 줄 아는 그것만으로도 나는 오늘도 행복해진다.

자만하지 말고 겸손하라

내가 골프를 치면서 배운 것은 겸손의 의미였다.
골프는 인간의 노력이 얼마나 무상한 것인지 이해할 수
있게 해주었다.

— 이바 에반

성서에 하느님이 빛과 어둠, 하늘과 땅, 바다와 육지, 짐 승들과 식물들을 모두 만든 이후에야 마지막으로 6일째가 되어서 최초의 아담을 만든 이유는 인간에게 '겸손하라'는 교훈을 내리기 위해서라는 말이 있다. 또 성서는 "누구든지 자기를 높이는 자는 낮아지고, 자기를 낮추는 자는 높아진 다."라고 가르치고 있다. 마찬가지로 불교는 부처상 앞에서 엎드려 절하는 이유가 자기를 낮추기 위함이라고 말한다.

17세 타이거 우즈가 주니어 오렌지 볼 인터내셔널 골프 챔피언십 마지막 라운드에서 고전을 면치 못했다. 당사자인 우즈는 화가 나고 심술이 났다. 이를 지켜본 아버지가 "네가 뭐 그리 대단한 선수라고 벌써 자만하느냐? 무조건 네가 최고라는 법은 없다. 절대 포기해선 안 된다."라고 신랄하게 나무랐다고 한다.

골프를 하다가 가끔 욕심을 부리면 바로 OB가 나거나 연못 등 페널티 지역으로 빠지게끔 골프장 설계자가 만들어놓았다는 것을 알게 된다. 신중하지 않고 무모하게 도전했다가는 영락없이 설계자의 덫에 빠지고 만다. 그래서 의도적인 페이스나 슬라이스, 드로우나 훅 기술도 필요하다.
　가끔 이런 상황을 알면서도 직진하는 모험을 한다. 그러나, "누가 이기나 해보자!"라는 자만은 십중팔구 실패를 불러온다. 위기 상황에서 안전하게 갈 것이냐, 위험을 무릅쓰고 가로질러서 갈 것이냐. 만일 성공하게 되면 또 다른 기회가 온다. 물론 성공하지 못하면 실패의 악순환이다. 어느 골프장을 방문해보아도 골프장 입구에 있는 클럽하우스는 멋있고 독특하며 웅장하다. 클럽하우스 입구를 들어서는 내장객들을 향해 자신 있게 외치는 듯하다. "얼른 오세요. 그리고 맘껏 도전하세요"라고.

　자만하지 않고 신중한 자들은 골프장의 특성과 조심해야 할 요소요소를 잘 파악하고, 나의 장점을 잘 살려 이기는 방법을 계속 찾아본다. 그동안 연습한 기량으로 나의 강·약점이 무엇인지를 다시 한번 점검한다. 마지막 홀을 돌아서며 그래도 아직 부족함이 많다는 사실을 확인하고 더 보완하겠다는 다짐과 반성을 거듭하며 물러선다. 이런 과정을 계속 반복하다 보면 내 인생의 습관으로 내면화된다.

어떤 이들은 "이 골프장도 별것 없네."라며 마치 한순간에 골프장의 특성을 모두 파악했다는 자만심으로 골프장의 세밀한 특성을 무시하거나 대충 지나쳐버린다. 자만하는 자는 동반자가 잘하면 내가 더 잘한다고 우쭐대다가 실수를 연발하게 되고, 상대가 잘못해도 "거봐. 내가 더 잘하지"라며 우쭐대다가 또 실수하게 된다. 아무리 뛰어봤자 부처님 손바닥이란 걸 우리는 이미 알고 있는데도 말이다.

『골프 성공학』 홍경호 저자도 "골프의 여러 매력 가운데 하나는 사람들로 하여금 늘 자신을 돌아보게 하고, 자책하도록 하는 데에 있다."라고 말했다. 반성하기 위해 골프장을 찾는 것이 아님에도 매번 다녀올 때마다 반성하게 만든다. 그만큼 골프가 쉽지 않음을 보여준다.

JYP 대표 박진영은 일본 오디션 참가자들에게 특강을 할 때 "카메라 앞에서 할 수 없는 말이나 행동은 카메라가 없는 곳에서도 절대 하지 마라. 훌륭한 인성을 갖추고 세상에 선한 영향을 주기 바란다. 진실, 성실, 겸허 이 세 가지를 꼭 지켜 달라. 재능 있는 사람이 아닌, 매일 자기 자신과 싸워서 이길 수 있는 사람이 꿈을 이루는 거다."라고 말했다고 한다.

프로선수들조차도 버디나 이글 이후 샷에 대해 조심해야한다는 것을 알고 있다. 한순간 기쁜 감정을 추스르지 못하면 본인도 모르게 흥분상태가 지속되면서 과도하게 힘이 잔뜩 들어간 샷으로 실수할 수 있다. 미스샷을 했을 경우도 자신에게 화가 나서 화를 품은 샷을 하게 되면 연거푸 실수가나오게 된다. 아무쪼록 흥분상태는 빨리 진정시켜야 한다. 심호흡을 한번 길게 하고 경기가 끝날 때까지 우쭐대지 말고 겸손해야 평온한 감정이 유지된다.

우리는 일이 뜻대로 풀리지 않을 때 불평하는 습관이 있다. 골퍼도 예외가 아니다. 바람, 추위, 그린, 러프… 잭 니클라우스는 수많은 경기를 뛰면서 선수들이 불평하는 소리를 들을 때마다 불평하는 그들은 "내가 두려워할 상대들이 아니야."라면서 자신감을 불태웠다고 한다. 불평은 정신집중을 방해할 뿐이다. 현재의 조건을 불평하기보다는 모두가 똑같은조건에서 경기해야 한다는 사실을 정직하게 인정하라. 어떤조건에서도 정상적으로 경기할 수 있는 능력을 키워라. 어떤조건에서도 적응할 수 있는 정신자세를 키워라. 《『젠禪 골프』 중에서, 조셉 패런트》

자칫 겸손은 자신감과 대치되는 용어처럼 들릴 수도 있다. 겸손하되 자신감은 잃지 않아야 한다. 지나친 자신감이 자칫 자만심으로 변해서도 안 된다. 자만심은 분명 문제가 될수가 있지만, 자신감마저 주눅이 든 겸손이라면 더 큰 문제이다. 진정한 고수는 스스로 드러내지 않는다. 그냥 드러나게 되어 있다. 그런 고수들도 모두 초보자로부터 출발한다. 초심(初心)을 잊지 말자고 하는 것은 초보자일 때의 겸손과 상대방에 대한 배려를 잊지 말자는 말이다. 인생이나 골프에서나 늘 초심(初心)으로 돌아갈 준비가 되어 있어야 한다.

골프 예절처럼 인생도 품위 있게

골프 매너나 에티켓이 나쁜 사람은 생활이나
사업에서도 믿을 수 없다.

– 이건희 삼성그룹 회장

사람과 사람 사이에는 기본적으로 지켜야 할 예절이 있
다. 바로 에티켓과 매너이다. '에티켓(etiquette)'이라는 단어
는 '남에게 폐를 끼치지 않는다', '남에게 호감을 준다', '남
을 존경한다'라는 의미를 담고 있으며, 남을 대할 때 당연히
내가 해야 할 마음가짐이나 태도를 말한다. '매너(manner)'는
상대방 입장에서 상대를 편안하게 만들어 주는 방식이다.
예를 들면 결혼식에 초대받은 사람이 신랑 신부보다 더 돋
보이지 않도록 하는 행동, 식사 자리에서 동반자와 보조를
맞추어 음식을 먹는 등의 마음 씀씀이가 바로 매너다. 그래
서 통상 에티켓은 '있다', '없다'로 표현하고, 매너는 '좋다',
'나쁘다'로 표현한다. 에티켓과 매너는 일상생활뿐만 아니라

직장이나 비즈니스 현장, 해외여행 및 공공장소 등에서 자연스럽게 언행을 통해 나타나는 개인의 덕목으로, 상대방을 배려하고 남에게 피해를 주지 않으려는 데서 비롯된다.

이건희 삼성그룹 회장도 살아생전 삼성 임직원들에게 골프 에티켓이나 매너가 나쁜 기업인은 생활이나 사업에서도 성공할 수 없다고 강조했다고 한다. 그 사람의 인격은 골프를 한번 쳐보면 알 수 있고 골프에서 속임수를 쓰는 사람은 사업에서도 정직하지 않는 사람이기 때문에 사업을 함께 하지 말라는 이야기다. 골프 기술을 배우기에 앞서 우선 예절을 배워야 한다. 그런데 특별히 골프 예절을 가르쳐주는 곳도 별로 없다. 연습장에 가서 골프를 배울 때면 볼부터 치게 한다. 그래서 대부분 골퍼들은 자신도 알게 모르게 에티켓과 매너를 무시하고 지나치는 경우가 더러 있다.

우선 골프를 하는 동안 옷차림을 단정히 하고, 상대방에 대한 배려와 칭찬, 격려, 대화 등을 통해 공손하고 부드러운 태도로 대하며 예의를 지킨다. 사람은 두 분류로 나눌 수 있다고 한다. 말이 통하는 사람과 말이 안 통하는 사람이다. 경기를 뛰는 프로선수들도 대회 중에 특별한 친분이 없으면 대화를 가급적 나누지 않는다. 스코어에 지장을 주는 불필요한 행동을 하지 않는 배려에서다. 그러나 아마추어들은 서로 따뜻한 대화를 충분히 나누면서 골프를 즐길 수 있다.

혼자서 독식하여 말을 많이 하거나 말을 잘하는 것이 중요한 것이 아니다. 잘 말하는 게 더 중요하다. 칭찬과 격려할 때를 놓치지 않고, 상대를 무시하거나 자존심 상하는 말을 하지 않는 사람은 다소 어눌해도 달변가보다는 훨씬 좋은 대화 상대자이다. 골프는 예의 있는 행동을 통해 한껏 수준 높은 가치를 찾아가는 스포츠다. 골프 내내 이루어지는 아름다운 에티켓과 매너는 하루 동안의 골프비용이 전혀 아깝지 않게 만들어 주며, 동반자 모두에게 감사와 소중한 마음을 공유하게 해주는 역할도 한다.

에티켓과 매너는 골프뿐만 아니라 모든 스포츠에서도 필요하다. 야구에서도 상대를 배려하는 문화가 하나의 불문율로 되어 있다. 예를 들면, 홈런을 친 후 홈런인지 파울인지 애매한 경우를 제외하고는 홈런이 확실한 경우에는, 가만히 서서 멍하니 홈런볼을 쳐다보지 말고, 천천히 그라운드를 돌지 말며, 지나친 세레모니를 하지 말라는 룰이 있다. 자칫 투수에 대한 모독이 될 수 있다고 보기 때문이다. 골프 대회 최종 라운드 18번 홀에서 결정되는 우승자도 자신의 승리에 도취하여 세레모니를 너무 지나치게 하게 되면 방금까지 우승을 다투던 동반자들을 배려한다면 어느 정도 신중할 필요는 있다.

골프에서의 일반적인 에티켓은 크게 3가지 관점이다. 코

스의 보호, 플레이 속도 유지, 다른 선수 플레이 방해 금지
차원이다.

KLPGA 핸드북 제1장 '프로골퍼(Professional Golfer)란?'에
도 '프로골퍼는 골프를 직업으로 삼는 프로페셔널로서 대회
와 팬의 사랑이 있기 때문에 존재할 수 있다. 따라서 프로골
퍼는 좋은 사회인으로 일반 골퍼의 모범이 되어야 하며, 대
회 관계자, 팬들에게 늘 감사의 마음을 가져야 하며, 명예에
어긋나지 않는 언행과 태도를 가져야 한다.'라고 명시하고
있다. 이 핸드북에서 제시한 주요 골프 예절은 다음과 같다.

1. 골프는 예절을 중요시하는 운동임을 자각한다.
2. 공인으로서의 몸과 마음가짐을 가지고 타의 모범이
   되는 행동을 한다.
3. 복장을 단정히 한다.
4. 슬로우 플레이할 때는 벌타가 부과된다.
5. 디봇 자국은 반드시 메워 놓는다.
6. 벙커 내의 신발 자국이나 스트로크 자국은 반드시
   고무래로 정리한다.
7. 뽑은 깃대는 모든 플레이어의 공과 홀에서 떨어진
   곳에 놓는다.
8. 그린 위의 공은 퍼터로 집어 올리지 않고 손으로
   집어 올린다.
9. 볼의 낙하에 의한 손상된 볼 자국을 수리한다.

10. 코스 내에 있는 종이, 비닐, 담배꽁초 등을 줍는다.

아마추어들도 골프장에는 최소한 한 시간 전에 도착해서 라운드 준비를 해야 바람직하다. 그래야 넉넉하게 티 오프(Tee Off) 시간을 맞출 수 있다. 프로선수들은 통상 2시간 전에는 연습을 모두 마치고 골프장에 도착한다. 연습 스윙을 할 때는 다른 사람 쪽을 향하면 안 된다. 예기치 않게 흙이나 자갈에 맞는 일이 생길 수 있다.

골퍼가 티잉 그라운드에 올라서면 나머지 골퍼들은 그의 오른쪽 멀리 떨어져 서서 조용히 대화를 멈추고 지켜본다. 다른 사람이 스윙할 때는 말해서도, 웃어서도, 하품해서도 방귀를 뀌어서도, 어떤 소리를 내서도, 움직여서도 안 된다. 다른 사람이 공을 칠 때 그 사람의 바로 뒤에 서 있어서는 안 된다. 왼쪽이든 오른쪽이든 공과 나란한 위치에 서 있어야 한다. 공치는 데 방해가 되어서도 안 되고 안전에 위험이 있어서는 더욱 안 된다. 공이 다른 사람 쪽으로 날아갈 것 같으면 "볼"이라고 외쳐 경고한다(영어 표기는 fore '포어'). 공이 어느 방향으로 가는지 확인해주고 잘 친 공에 대해서는 적극적으로 칭찬하며, 설혹 잘못 친 공에 대해서도 우선 긍정적인 말을 하는 것이 골프의 에티켓이요, 매너이다.

그린에서 자기 퍼터가 끝났다고 마지막 플레이어가 치기 전에 걸어 나가는 행동도 조심해야 한다. 일부 프로선수들은 경기 시간에 쫓겨서 먼저 끝난 사람이 다음 홀에 가서 먼저 샷하는 경우는 있지만, 이런 경우는 사전에 서로 양해를 구한 경우이다. 아마추어들도 공이 떨어진 지점에 치기 어려운 여건이 있으면 동반자들에게 양해를 구해 가끔은 자리를 옮겨 칠 수도 있다.

분실 공을 찾는 시간도 3분이다. 시간이 지나기 전에 찾지 못하면 포기해야 한다. 그리고 잘 안 될 때 캐디를 탓하는 사람도 종종 있다. 골프는 자신과의 싸움이다. 누구를 탓하겠는가. 가르쳐 달라고 하기 전에 먼저 지적하고 훈수를 두는 사람들도 더러 있다. 옆에서 민망할 정도로 핀잔을 줄 때도 있다. 아무리 편한 관계라도 원하기 전에는 가르치려고 하면 안 된다. 남 신경 쓰느라 본인도 결국 헤맨다. 매너가 나쁜 사람에게는 더 이상 신뢰가 가지 않고 다음에 다시 골프장에 함께 가고 싶지 않을 것이다. 훼손된 공 자국은 누가 보지 않더라도 정리를 깔끔하게 하는 매너 있는 사람은 그렇지 않은 사람과는 무언가 다르게 보일 수밖에 없다.

골프채 14개 가운데 가장 많이 사용하는 것은 퍼터이다. 프로선수들도 18홀 동안 퍼팅 수가 30개 이하가 되기 쉽지 않다. 그래서 골퍼들은 그린 위에 오랜 시간을 머물 수밖에 없다. 그린 위에서의 예절도 중요하다. 예전에는 홀에서 먼 거리에 있는 골퍼가 먼저 퍼팅하였으나, 지금은 준비된 골퍼부터 순서와 관계없이 먼저 하도록 규정이 바뀌었다. 공

2장 골프, 삶을 예술로 만든다

이 그린에 떨어지면서 움푹 파인 덴트(dent)를 수선한다.

　그린에 올라온 볼은 마크하고 볼을 잡는 것이 원칙이다. 홀 가까이 붙어서 마크하기 곤란하거나 번잡스러우면 상대에게 양해를 구하고 먼저 퍼팅을 할 수도 있다. 퍼팅 대기자들은 퍼팅하는 사람의 눈에 띄는 위치에 있으면 안 되며, 상대가 퍼팅 중에는 말을 하거나 소음을 내서도 안 된다.

　특히 본의 아니게 자주 실수하는 행위 중 하나는 다른 사람의 퍼팅 라인에 그림자를 드리우는 것이다. 퍼팅하는 사람을 불편하게 하는 행위는 일체 안 된다. 만일 마크한 볼을 굴려서 캐디에게 전달했다면 그린 테스트로 간주되어 2벌타가 된다. 그린 위에서 자기 볼을 마크하는데 다른 사람의 퍼팅 라인을 밟고 가거나 그 위를 넘어가기도 한다. 퍼팅 라인을 밟으면 자칫 미미한 자국이라도 진로를 바꿀 수가 있어서 주의해야 한다. 상대방의 뒤로 돌아가는 것이 올바른 예절이다.

　미국이나 영국에서는 특히 그린에 디봇 자국이나 볼 마크를 그대로 방치하는 행위를 아주 싫어한다고 한다. 우리는 그런 뒤처리는 캐디가 하는 정도로 여기는 경향이 있다. 또 캐디에게 지나친 성적 농담이나 마치 하인 부리듯 하는 행위도 예의 있는 모습은 아니다. 대회 중 일부 갤러리가 경기 중인 프로선수에게 방해를 끼치는 사례도 간혹 있다. 골퍼가 샷을 날리거나 퍼트를 하는 순간에는 모두 침묵하는 것이 예의인데 휴대전화 촬영 소리 등으로 방해를 하는 경우가 있다. 또한, 일부 프로선수의 매너 나쁜 행동 역시 갤러리를 불쾌하게 만든다. 경기가 풀리지 않는다고 골프채를 부러뜨린다거나 던져버리는 행동 등이 그러하다.

골프는 예설로 시작하여 예절로 끝난다. 흔히 골프를 신사의 게임이라고 한다. 골프에 심판이나 감독관이 없는 것은 라운드 참가자 모두가 신사라는 것을 전제로 하기 때문이다.

골프 예절이 왜이리 복잡하냐라고 할 수도 있다. 그렇지 않다. 상대방을 위한 배려와 존중에서 나오는 언행이면 사실 격식에 관계없다. 자연스러운 예절은 인간관계를 더 좋게도 한다. 단정한 복장을 한 사람들과 반갑게 인사하며 첫 홀을 출발해서 마지막 홀에서는 남자들의 경우는 모자를 벗어서 서로 따뜻한 악수를 나누고 격려하면서 멋지게 마친다.

주변에 정말 예의가 바른 사람들이 많이 있다. 그들은 늘 남을 잘 배려하고 따뜻한 마음을 가진 사람들이다. 그들은 오랜만에 만나더라도 언제나 정겹고 반갑다. 골프의 세계를 통해 자연스럽게 에티켓과 매너를 습득하여 자신의 품격을 더 높이고 주변인들과도 좋은 인간관계로 성공적인 삶을 유지한다면 그 또한 골프가 주는 또 하나의 큰 즐거움이다.

균형적인 마인드가 필요하다

나도 그린에 볼을 올리지 못할 때가 있다.
나도 모든 홀에서 버디를 기록하는 것은 아니다.
나도 모든 대회에서 우승하지는 못한다.
그러나, 나는 내게 그런 능력이 있다고 믿는다.

– 타이거 우즈

『무지개 원리』의 저자 차동엽 신부는 우리의 행복과 불행을 결정하는 것은 외부 환경이 아니라 환경에 대한 우리들의 태도이며, 외부 환경은 생각만큼 쉽게 바꿀 수 없기 때문에 우리의 태도를 바꾸어야 한다고 했다. 우리의 생각이 부정적에서 긍정적으로 변화한다면 행동이 달라질 것이고 행동이 달라지면 그에 대한 세상의 반응도 달라질 것이라고 말한다.

부정적인 생각을 하지 않으려고 하면 할수록 더욱더 부정적인 생각이 떠오른다. 부정적인 생각을 억제하려는 그 순간 우리의 뇌가 부정적인 생각에 초점을 맞추기 때문이다. 자전거를 처음 배운 사람은 앞에 사람이 나타났을 때 '부딪히면 안 되는데.'라고 생각하면 십중팔구 부딪힌다. '피할 수 있을 거야.'라고 사신 있게 생각하면 피하게 된다. 필드에서도 눈앞에 연못(장애물)을 보고 '물에 빠지면 안 되는데?'라는 불안하고 부정적인 생각에 빠지면 어김없이 물에 빠진다. 어떤 생각을 억제하면 억제할수록 그 생각이 더 많이 나는 것을 심리학에서는 '반동 효과(Rebound Effect)'라고 한다. 부정적인 생각에서 벗어나는 방법은 의외로 간단하다. 부정적인 생각 대신 긍정석인 생각을 하거나 무심(無心)하게 대처하면 된다.

"단어는 감정을 갖고 있다. 우리는 의도적으로 긍정적인 말을 할 필요가 있다. 왜냐하면 우리는 부정적인 말을 더 많이 하는 경향이 있기 때문이다. 인간의 감정을 나타내는 단어가 약 3,000개 정도인데, 그 중 긍정적인 단어는 약 1,000개 정도이고, 부정적인 단어가 2,000개 정도가 된다고 한다. 우리는 긍정적인 말보다 부정적인 말을 두 배나 더 하면서 산다고 할 수 있다. 이처럼 무의식적으로 긍정적이기보다 부정적인 감정에 더 기울어져 있다. 그러니 긍정적인 사람이 되기 위해서는 노력을 기울여야 한다."라고 했다. 《듣고 싶은 한마디, 따뜻한 말』 중에서 정유희〉

심리학자에 따르면, 건강한 사람은 긍정적 사고와 부정적 사고가 1.6대 1.0의 황금비율로 균형을 이루고 있다고 한다. 너무 낙관적인 것은 경기 중 집중력을 방해하고 위험 요소를 대처하지 못하게 된다. 또 너무 비관적이면 자신감이 부족하여 좋은 결과를 얻기가 힘들다. 신중하면서도 낙관적인 경기를 할 수 있어야 한다.(『상위 1% 프로골퍼의 하이멘탈 수업』 중에서, 황형철) 적절하게 균형을 갖춘 사고가 필요하다.

골프에서는 성공적인 플레이를 하기 위해서 우선 긍정적 자기 암시가 필요하다. 부정적 자기 암시는 비관적이고 우울하게 만들어서 실패할 가능성이 많기 때문이다. 자기 암시는 자기 스스로 일종의 최면을 불어넣는 것이다. '나는 잘할 수 있다', '나는 성공할 것이다'와 같은 긍정적 이미지 트레이닝과 자기 암시를 계속하면 자신감으로 변화된다.

자기 암시는 부정의 문구보다 긍정의 문구를 이용해야 한다. "해저드(페널티 지역)에 빠지지 말아야 한다"라거나 "몸에 강한 힘을 주지 말아야 한다." 등의 부정적 표현보다는 "페어웨이에 잘 갈 거야."라거나 "몸에 힘을 빼고 편하게"라는 표현이 더 바람직하다. 차라리 아무 생각없이 샷하는 것이 나을 수도 있다. 실수로 미스 샷이 났을 경우에도 골퍼가 과도하게 자책하면 부정적 이미지로 굳을 가능성도 있다. 자칫 정서불안까지 이어질 수 있다. 그럴 때는 복식호흡을 하거나 스트레칭을 하면서 "다시 잘하면 된다"라고 마음을 다져본다.

어떤 이는 감옥 안에서도 창살 사이로 진흙탕만 보고, 어떤 이는 하늘의 별을 본다. 사람마다 보는 시각에 따라 인생관도 달라진다. 믿는 대로 이루어진다는 대표적인 심리 용어로 플라시보 효과(Placebo Effect)와 피그말리온 효과(Pygmalion Effect)가 있다.

플라시보 효과(Placebo Effect)는 의약 성분이 전혀 없는 약인데도 환자의 심리적인 믿음에 의해 환자가 낫게 되는 현상(위약 효과)을 말한다. '엄마 손은 약손'이라고 어릴 때 배가 아프다고 하면 엄마가 손으로 배를 쓸어주면 서서히 복통이 가라앉았던 경험 같은 것이다. 반대로 노플라시보 효과도 있다. 냉동창고에 우연히 갇힌 사람이 난 곧 죽을 거라고 생각하면 정말 죽게 되는 일이다.

피그말리온 효과(Pygmalion Effect)는 피그말리온이 조각한 갈라테이아 여인상이 너무나 완벽해서 이 조각상을 아내로 맞고 싶다는 간절한 기도를 하여 마침내 살아있는 여인이 된다는 것이다. 불가능하게 보이는 것조차 간절히 원하면 이룰 수 있다는 메시지이다.

『죽음의 수용소』의 저자인 정신과 의사 빅터 프랭클도 언제 죽을지 모르는 독일 나치 아우슈비츠 수용소에서도 삶의 의미를 지닌 사람은 마지막까지 희망을 잃지 않고 살아남았지만, 의미를 찾지 못하거나 '이번 성탄절에는 꼭 풀려날 거야'라는 무조건 긍정적인 생각만으로는 몸이 건강해도 자살을 선택하거나 병에 걸려 죽고 말았다고 했다.

골프선수가 18홀 내내 장애물에 봉착할 때마다 매번 부정적인 생각에 빠진다면 스스로 곧바로 피로감을 느끼고 자칫 골프에 대한 흥미조차 잃어버릴 수 있다. 그렇다고 무조건적 긍정 마인드도 자칫 기대에 미치지 못하는 결과에서는 더 크게 실망하고 낙담할 수 있다.

늘 긍정적인 마음으로 사는 건 좋은 일인가. 좋을 때도 있지만, 아닐 때도 얼마든지 있다. 때로 위험하기도 하다. 긍정적 감정은 자기 합리화와 기만이 만들어내는 결과일 때도 있고 자기 성찰의 부재를 뜻하는 신호이기도 하다. 《『당신이 옳다』중에서, 정혜신〉

그래도 일단은 간절히 원하면 이루어질 수도 있다는 긍정적인 자기 암시로 자신 있게 도전할 필요가 있다. 불가능하다고 도전장조차 내밀지 못하는 나약함이 아니라 불가능할 것처럼 보여도 "까짓거 한번 해보자", "아니면 말고"라는 자신감과 배짱이 있어야 한다. 그런 자세로 앞으로 나아가면 그 과정에서 삶의 의미도 다시 발견할 수도 있고 피그말리온처럼 정말 소원이 이루어질지도 모른다.

균형적인 마인드가 필요하다　　　**103**

미리 부정적으로 생각할 필요는 없다. 우리는 일상생활 속에서도 너무 문제중심적 사고에 빠져있다. TV 뉴스에서도 온통 문제투성이만 전한다. 늘 문제중심적 사고로만 접근하다 보면 자칫 우울해지고 즐겁지가 않다. 그곳에서부터 벗어나야 한다. "이 정도면 충분히 잘하고 있고, 할 만큼 했다!"라는 스스로를 향한 응원의 목소리를 내야 한다. 안될 때는 안되더라도 나를 믿고 따르는 합리적이고 긍정적인 마인드를 높여야 한다. 그래야 비로소 균형적인 마인드가 형성될 수 있다.

2장 골프, 삶을 예술로 만든다

다음 샷이 더 중요하다

골프에 있어 가장 중요한 샷은
바로 그다음 샷이다.

– 벤 호건

프로선수나 아마추어나 조금 전 실수에 대해 곧바로 극복하지 못하고 연이은 실수를 반복하는 경우가 있다. 물론 운 나쁘게 공이 떨어진 자리가 잔디가 움푹 파인 디봇이나 페널티 지역일 수도 있지만, 실수에 대한 잔상이 남아 있어서 제대로 원하는 다음 샷이 나오지 않을 때가 의외로 많다. 이런 것을 극복하지 못하고서 우승하는 선수들은 없다. 그동안 얼마나 많은 장애물을 만났을까.

실수는 실수한 그대로 받아들이면 된다. 아! 내가 또 실수했구나. 그리고 또 다음에도 실수할 수도 있다고 담담하게 받아들이면 다음 샷 준비가 원활해진다. 이번 샷은 이미 이렇게 끝났으니 잊어버리고, 다음 샷을 잘해야만 실수에 대한

보완이 되기 때문이다. 일희일비할 필요가 없다. 잦은 실수
에 자책하지 말고 또 바로 다음 샷을 준비해야 한다.

　가끔 프로선수를 응원하는 팬들이나 부모들 가운데서도 선
수가 잘하면 크게 기뻐했다가 잘못하면 크게 질책하는 경우
가 있다. 일반 아마추어 가운데서도 누가 뭐라고 하지 않는
데도 과도하게 스스로 책망하는 때도 흔하다. "아이고 바보
처럼. 아이고 xx야!" 이번 라운드에서 실수했으면 다음 라운
드에서 잘하면 된다. 평소 자신의 컨디션 유지는 자신이 책
임지는 것이다. 중요한 것은 지난 과거의 샷이 아니라 바로
다음 샷이다. 그래서 다음 샷을 잘하기 위해 스스로 긴장을
풀었다가 집중하기를 반복하는 것이다. 다음 샷을 잘하기 위
해 지난 샷을 잘 분석해야 한다. 동일한 실수를 반복하지 않
기 위해 연습을 해야 한다.

　이미 지나간 과거의 부귀영화가 무엇이 그리 중요할까. 바
로 이 순간이 더 중요하고 이 순간마저도 지나면 찰나의 순
간에 바로 과거가 되는데 그다음 샷이 더 중요하지 않겠는
가. 골프는 그런 것을 가르쳐 준다. 물론 이전에 내가 무엇
을 했다는 것이 중요하지 않은 것은 아니다. 과거는 우리의
스승이지만, 현재는 우리가 지금도 만들어가고 있다. 과거에
내가 무엇을 했든지 간에 더 중요한 것은 지금 내가 무엇을
하고 있는가이다. 더 이상 할일이 없어진 은퇴자들은 과거만

계속 되뇌인다. 그러나, '은퇴'라는 단어를 은퇴시키라며 할 일이 많은 사람들은 더 중요한 다음샷을 위해 오늘도 여생을 열정적으로 불태우고 있다.

과거는 과거일 뿐, 은퇴해서 보니 과거 내가 했던 일보다 다음에 무엇을 할 것인가가 더 중요하더라.

프로선수들조차 대회 중 첫날 성적이 부진하면 이번 대회는 잘 안 풀린다고 생각하는 이들도 있다. 아마추어들도 초반에 성적이 나쁘면, 그날은 재수가 없다고 생각하며 쉽게 의기소침해질 수도 있다. 이런 실망과 낙담은 불길한 예측으로 이어진다.

그러나 18개 홀은 물리적으로 제각각이기 때문에 전혀 연계되지 않는다. 첫 홀에서 '보기'를 해도 다른 홀에서는 평소보다 훨씬 뛰어난 성적을 거둘 수도 있다. 미리 액땜했다고 생각하고 멘탈을 바로 세우면 더 좋은 결과로 이어지지만, 처음부터 멘탈이 흔들리게 되면 계속 반복된 실수가 나올 수도 있다. 오히려 전화위복으로 삼아야 한다. 이런 식으로 생각하고 행동한다면 인생의 삶이나 골프 라운드의 결과가 확연히 달라질 수 있을 것이다. '어느 구름에 비 내릴지 모른다'는 말이 있다. 누가 알겠는가. 다음 샷 한 방에서 홀인원이 터질지. 저 모퉁이를 돌면 무슨 일이 일어날지.

다음 샷이 더 중요하다

속도보다 방향이다

인생의 페어웨이를 걸어가면서 장미 향기를 맡을 줄
알아야 한다. 인생이라는 라운드는 경기를 한 번밖에 못
하기 때문이다.

– 벤 호건

프로선수들은 데뷔하는 순간 빨리 스타도 되고 싶고 우승
도 하고 싶을 것이다. 그러나, 현실은 만만하지 않다. 인생
의 속도에는 욕심이 들어가 있는 것 같다. 빨리빨리 무언가
달성하고 싶고 하루라도 빨리 성공하고 싶어 한다. 늦으면
늦을수록 그만큼 더 힘들고 성공확률이 떨어진다고 알고 있
기 때문일까. 너무 초조해하지 말자.

최근 코로나의 팬데믹 현상으로 그동안 달려오던 속도 위
주의 세상은 대변혁을 겪고 있다. 지금까지 속도를 우선시
한 물질문명 위주의 가치관에서 조금 느리더라도 삶의 목적

과 올바른 방향성을 돌아보게 만들고 있다. 돈이 있어도 마음대로 여행도 하지 못하고, 한순간에 자칫 목숨을 잃을 수도 있는 현실에 직면하고 있다. 그리고 속도보다 어떻게 올바르게 살아가야 할 것인가의 방향성에 대한 답을 찾기 시작했다. 대면보다 비대면이 활성화되고 이를 발전시키기 위한 인공지능, 바이오 헬스 분야 등의 개발도 촉진되고 있다. 또 인류와 지구환경을 위한 과학기술의 중요성이 더 부각 되고, 디지털 경제가 더 발전하는 계기가 되었다. 재택근무와 원격업무의 확산은 정직하게 일하고 스스로 조직 내 필요한 역할을 수행하는 구조로 변하고 있다. 방향성만 올바르다면 다소 속도가 느리더라도 언젠가는 더 좋은 세상을 만나게 될 것이다.

우리는 6·25 전쟁을 불과 70여 년 전에 겪었다. 전쟁의 폐허가 된 빈곤한 나라에서 부자 나라가 되기까지 우리는 열심히 최선을 다했다. 또 그렇게 살아야 한다고 자녀들에게 가르쳤다. 어릴 때 학교 운동회의 하이라이트는 마지막에 하는 달리기였다. 똑같은 방향을 누가 먼저 들어오느냐에 따라서 1등, 2등, 3등까지 상품을 주었다. 이제 세상은 변했다. 똑같은 방향으로 뛰어서는 강대국이 될 수 없다. 원으로 퍼져서 모두가 다른 방향으로 최선을 다해 달리다 보면 지금까지의 순위는 아무 의미 없다. 그런 세상에서 우리는 살고 있다. 이젠 속도보다 방향성이다.

골프에서도 힘만 잔뜩 들어가면 결국 미스샷으로 거리를 손해 보거나 OB가 날 수 있다. 오히려 천천히 돌아가느니 못할 수 있다. '급하면 돌아가라'라는 속담도 있다. 인생은 고난과 시행착오의 연속이다. 딸도 현재까지 1·2부 합친 227개 골프 대회에 나가서 우승을 4번밖에 하지 못했다. 223개 대회에서 실수와 시행착오를 거쳤다. 당시에는 실패라고 생각하여 절망했던 많은 경험도 돌아보니 성공을 위한 시행착오였을 뿐이었다. 우승에만 목매어서 달려왔다면 벌써 골프를 포기했을 수도 있다. 골프를 통해 내가 그리던 꿈을 이루고 싶은 마음이 있다면 속도보다는 방향을 먼저 살펴볼 일이다.

바다의 집시라고 부르는 말레이시아 바자우족의 언어에는 '원한다'라는 단어가 없다고 한다. 현재 있는 것만으로도 만족해서라고 한다.

아직 '원하는 것'이 넘쳐나는 우리나라다. 상상을 초월하는 속도 위주로만 달려온 우리도 이제부터는 현재로도 만족할 줄 아는 우리만의 나침반을 스스로 찾아 나설 때이다.

행동이 감정을 결정한다

할 수만 있다면 나는 매일 공을 칠 것이다.
정신과를 찾아가는 것보다 싸게 먹히고,
내 골프 카트에는 전화가 없기 때문이다.

– 브렌트 머스버거

미국의 현대 심리학자 윌리엄 제임스는 "우리는 행복하기 때문에 웃는 것이 아니다. 웃기 때문에 행복해진다."라는 이론으로 유명하다.

오랫동안 심리학자들은 감정이 신체 반응에 영향을 미친다고 믿었다. 분노는 심장을 뛰게 만들고, 불안감은 식은땀을 흘리게 한다고 믿어왔지만, 제임스는 웃는 행동으로 인해 행복한 감정이 따라온다고 했다. 어떤 이론이 맞는지는 아직도 의견이 분분하지만, 나는 '행동이 감정을 결정한다.'라는 제임스의 이론에도 공감한다. 오랜 사랑으로 무료해진 사람들도 사랑에 빠진 것처럼 행동하게 되면 식었던 열정이 다시 살아난다거나, 스스로 강하고 힘센 사람처럼 행동하게 되면 몸을 웅크리고 있는 사람들보다 훨씬 더 큰 고통에서도 이겨냈다는 사례를 보면 알 수 있다. 부상의 아픔 속에서도 부활하여 메이저대회에 45세로 11년 만에 우승 트로피를 들어 올린 타이거 우즈가 우승 퍼팅 후 포효하는 행동은 보는 사람 모두의 가슴을 뭉클하게 한다. 누군가의 자신감에 넘쳐 뿜어져 나오는 에너지와 열정을 보여주는 행동은 고스란히 다른 사람들에게까지 전염이 되어 덩달아 행복해지는 영향을 끼친다.

골프 경기에서도 선두권에서 잘 나가는 선수들을 보면 대부분 당당하고 자신감에 넘친 자세이다. 실제로 이들 상위권 선수 가운데는 우승 경험자가 다수 포진되어 있다. 잘 나가던 선수가 반복되는 실수를 한다거나, 다른 선수가 박차고 앞으로 치고 나아갈 때 위축되는 모습을 보일 때도 있다.
플레이가 뜻대로 되지 않는다는 건 선수들의 서 있는 자세나 취하고 있는 행동을 보면 금방 알 수 있다. 고개를 떨구고 힘없이 서 있거나 웅크리진 자세가 그러하다. 당연히 당사자는 현재 상황이 별로 유쾌하지 않을 것이다. 신이 나지 않는다.
이럴 때 스스로 기분을 상승시킬 필요가 있다. 더 자신 있게 행동해야 한다. 아직 결과는 아무도 모르는 일이니까. 제임스 이론처럼 평온한 듯 행동을 하게 되면 내면에서 서서히 일어나는 분노의 감정을 차단하는 효과가 있지 않을까. 반면에 동반자는 나의 잦은 실수에 오히려 더 강해지는 모습을 보일 때가 있다. 타인의 실수를 반면교사로 삼아 더 차분하게 플레이를 하게 된다. 골프에서 마지막에 우승컵을 들어 올리는 자는 끝까지 자세를 흐트리지 않고 차분하게 행동했던 사람이다. 끝까지 포기하지 않은 자다.

웃음이 행복감을 자극하고 상대방의 눈을 가만히 쳐다보는 행위만으로 사랑의 감정을 높이는 것처럼 평온한 자세를 취함으로써 실제로 분노를 잠재울 수 있다. 《지금 바로 써먹는 심리학』 중에서, 리처드 와이즈먼 교수〉

하루를 시작하는 아침에도 눈을 뜨게 되면 잠자리에서 꿈쩍 꿈쩍대지 말고 곧바로 이불을 박차고 일어나보자. 잡념이 많아지면 온갖 잡병이 생긴다. 바로 나가서 아침 맑은 공기를 마시며 산책을 하든지 조간신문을 보든지 행동으로 옮기자.

인생이 잘 나갈 때는 화려한 정상만 보이지만 내려갈 때는 세상이 보인다는 말이 있다.

사업이나 학업, 연애 등에서 성공적으로 잘 나가고 있을 때는 어깨에 힘도 저절로 올라간다. 주변에서도 인정해주니까 세상에 두려울 것이 없다. 그러나 막상 사업이 망하거나 실패의 덫에 빠져 힘들어질 때는 마치 지구의 종말이 온 것처럼 살맛이 안 난다. 평생을 열심히 앞만 보고 살아오다 은퇴를 했을 때도 갑자기 무능력자가 된 것 같아 모든 것을 포기하고 싶은 심정이 들 수도 있다.

번 아웃 상태가 되거나 갱년기에 빠져버리면 자칫 우울증이 찾아오고 사람을 만나기가 두렵기조차 하다. 이럴 때일수록 더욱 적극적인 행동으로 나를 찾아야 한다. 가만히 앉아서 압박해오는 감정의 회오리 속에 나를 그대로 방치해서는 안 된다. 계속 움직여야 한다. 무엇인가 변화하기를 원한다면 명사형이 아닌 행동하는 동사형 인간이 되어 잠드는 나를 계속 깨워야 한다.

나는 어느 순간부터 나의 걸어가는 뒷모습을 찍은 사진이 앞모습 사진보다 더 좋아졌다. 비로소 나의 뒷모습이 보이기 시작한 것이다. 지금까지는 앞만 보고 달려왔다. 이제는 당당하게 활짝 가슴 펴고 걸어가는 나의 뒷모습이 보기 좋아졌다.

뒷모습이 어여쁜 사람이 / 참으로 아름다운 사람이다 / 자기의 눈으로는 결코 / 확인이 되지 않는 뒷모습 / 오로지 타인에게로만 열린 / 또 하나의 표정 / 뒷모습은 고칠 수 없다 /

거짓말을 할 줄 모른다 〈詩 '뒷모습' 중에서, 나태주 시인〉

지금껏 열심히 잘해왔으니 앞으로도 그렇게 자신에게 당당하게 앞으로 나아가면 된다. 남은 시간 내가 하고 싶은 것을 하면서 건강하고 행복하면 된다. 크게 욕심부리지 말고 현재 가진 것에서 소소한 기쁨을 찾아보려 한다. 이제는 돈을 바라보고 달리는 것이 아니라 가치를 따져가며 살필 일이다. 그러려면 움직이는 행동을 귀찮아하지 말아야 한다. 그런 행동을 통해 내 마음에 따뜻한 행복함이라는 감정이 점점 물들어가기를 오늘도 응원해 본다.

전략과 의지가 있어야 한다

재미로 골프를 친 적은 한 번도 없다.
심지어 친구와 하더라도 이기기 위해서 쳤다.

― 잭 니클라우스

인생에서 성공하든지, 전쟁에서 승리하든지 싸워 이기는 전략을 세워야 한다. 어떻게 하다 보니 이루어지는 우연한 승리는 없다. 골프도 전략이 있어야 성공할 수 있다.

전쟁에서 승리로 이끌기 위한 손자병법에 유명한 구절이 있다. '지피지기 백전불태(知彼知己 百戰不殆)'가 그 말이다. 적을 알고 나를 알면 백 번 싸워도 위태로울 것이 없다는 말이다. 누구나 잘 아는 이 말은 골프에서도 그대로 적용될 수 있다. 골프에서 적(敵)은 동반자가 아니라 자기 자신과 골프 코스라고 잭 니클라우스는 말했다.

2장 골프, 삶을 예술로 만든다

'20세기 최고의 골퍼'로 선정되었던 잭 니클라우스도 "내가 골프를 좋아하는 이유 중 하나는 다른 골퍼들과 직접 대결하지 않더라도 경쟁에 전념해야 하고 전념한 만큼 결과가 나온다는 것이다. 경기에서 가장 근본적인 적은 늘 골퍼 자신이기 때문이다. 그다음의 적은 골프 코스다. 이 두 요소를 잘 인식하고 받아들일수록 경기를 더 잘하게 된다. 분명히 자신을 잘 알고 코스를 숙지하면 다른 사람들을 이길 수 있다."라고 말했다.

손자병법의 지피지기 백전불태(知彼知己 百戰不殆) 원리를 잘 설명한 말이다. 골프장 페어웨이와 그린 상태나 기상 등이 지피(知彼) 개념이다. 특히 변화무상한 날씨에는 특별히 대비해야 한다. 지기(知己)는 당시 나의 컨디션을 최상으로 유지하기 위해 현재의 자기 상태를 정확하게 잘 알고 있어야 한다는 뜻이다.

동반자는 자신을 위한 타산지석(他山之石)의 교훈으로 삼으면 된다. 어떻게 저런 실수를 했을까, 저 지점에 떨어진 상대의 볼은 굿샷인가, 어려운 가운데도 저렇게 잘하는 방법이 있구나 등 상대의 행동을 잘 관찰하면 자신이 어떻게 해야 할지가 명백해질 수 있다. 그래서 일반적으로 관찰력이 뛰어난 사람이 골프를 잘한다.

투어 선수들은 각 코스를 분석하며 코스 매니지먼트 전략을 세운다. 경기 전 연습라운드에서 어느 홀이 슬라이스 홀이며 거리를 어떻게 잘라서 가야 할 것인지, 티샷과 홀마다 어떤 클럽으로 세컨드 샷을 어떤 방향으로 하면 좋을지 미리 계획하고 연습한다. 또 코스 전략을 세울 때 목표보다 오차가 생기는 상황과 실수가 나오는 구간을 피해 가며 전략적 플레이로 보완해 나간다. 아마추어들도 미리 연습라운드는 못하더라도 홀에 대한 특성을 잘 파악하여 현장에서라도 코스 매니저먼트 전략을 수립할 필요가 있다.

　잭 니클라우스는 코스에서 파4, 파5라고 해서 자동으로 골프백에서 가장 큰 클럽을 꺼내 있는 대로 힘껏 휘둘러서는 안 된다고 당부한다. "티 박스에 서서 까다로운 페어웨이를 보면 드라이버로 적절히 안전하게 칠 수 있는지 스스로 물어보라. 만약 그렇다고 생각되면 생각대로 드라이버를 사용해라. 만약 아니라고 생각되면 3번 우드로 칠 수 있는지 스스로 물어보라. '잘 모르겠는데…' 마음속 무언가가 대답한다. 좋다. 그럼 롱아이언은 어떨까? 롱아이언으로 페어웨이로 공을 칠 수 있을까? '할 수 있다'라고 느껴지는가? 그러면 생각대로 아이언을 꺼내 들고 스윙해라."라고 말한다.

필드에서 가장 잘 맞는 방법을 찾을 때까지 계속 옵션을 찾아내어 분석하면서 자신감이 생길 때 비로소 스윙하는 것이다. 또 가장 잘 다루는 골프채, 가장 자신 있는 골프채와 거리별 지형별 오차율의 데이터를 분석하며 코스를 공략하

는 전략을 수립할 수 있다. 예를 들어, 파3홀을 제외한 티잉
그라운드에서 무조건 드라이버를 꺼낼 필요가 없다는 이야
기다.

"실수한 것 같아요. 여기 있는 모든 게 너무 힘들고, 내 주
변에서 무슨 일이 일어나고 있는지 이해할 수 없어요. 한국
으로 돌아갈까 봐요."

2015년 LPGA투어에서 첫 대회를 치른 뒤 김세영 프로
가 국내에 있는 아빠와 통화한 내용이다. 국내 KLPGA에
서 5승을 거두고 미국으로 건너갔을 때의 어려움을 2021년
LPGA 투어 홈페이지 '드라이브온'에 공개한 '두려움을 향해
달려가라(Run Toward Your Fears)'라는 제목의 에세이에 나오
는 이야기다. 아빠가 어릴 때부터 "스포츠와 인생에서 가장
큰 적은 두려움이다."라고 가르쳐 주었다고 했다. 태권도 관
장이었던 아빠로부터 5살 때부터 태권도를 배워서 12살에
이미 태권도 3단이었던 김세영 프로이다.

그의 아빠는 "골프 대회에서도 그렇듯이 싸움에서 질 수
도 있다. 하지만 두려움에 져서는 안 된다."라고 말해주었다
한다. 두려움을 호소하는 김세영 프로에게 아빠의 "두렵니?"
라는 한 마디는 그를 다시 일깨웠다.

그렇게 그는 일주일 만에 다시 참가한 LPGA 투어 퓨어실크-바하마 LPGA 클래식에서 거짓말 같은 역전 우승을 차지했다.(한국경제. 2021.11.10.)

미국 심리학자 엔젤라 더크워스 박사는 10년에 걸친 사례와 실험을 통해 성공에 결정적인 영향을 미치는 것은 재능이 아니라 '그릿(GRIT)'이라고 밝혀내었다. 그릿(GRIT)은 성장(Growth), 회복력(Resilience), 내재적 동기(Intrinsic), 끈기(Tenacity)의 줄임말이다. 큰 야망을 품고 자신의 부족함에 불만을 가지고, 쉽게 좌절하지 않는 회복력과 불굴의 의지가 성공을 이끈다고 했다. 골프도 재능만 가지고는 안 된다. 끝없이 성장하려는 노력과 끈기, 무엇보다 두려움과 좌절을 이겨내는 불굴의 의지가 있어야 한다.

중요한 것은 두려움 자체가 아니라 두려움을 대하는 마음가짐이다.

전쟁에서 아무리 승리할 수 있는 전략을 수립했어도 막상 전사들이 두려움을 극복하고 싸워서 이기겠다는 의지가 없다면 무용지물이다. 골프는 집중력의 싸움이다. 누가 더 의지가 강한가에 그 결과가 달라질 수 있다. 가끔 잘 나가다가 막판에 2%가 부족하여 우승을 놓치는 선수들이 있다. 자신의 강인한 의지를 점검해 볼 필요가 있다.

'어떻게 승리할 것인가?' 하는 세밀한 전략 수립도 필요하지만, 그에 앞서 "이길 수 없다고 생각해 본 적이 한 번도 없다"라는 어느 챔피언의 말처럼, 불굴의 의지가 있어야 인생에서나 골프에서 승리를 가져올 수 있다.

비교할 거를 비교하자

골프는 사느냐 죽느냐 하는 문제가 아니다.
패자로 집에 돌아가더라도 아내는 여전히 나를 사랑할
것이고, 내 애견이 나를 물어뜯는 일도 없을 것이다.
— US오픈 선수권자 캐리 미들코프가
토너먼트 대회에서 패한 후

우리는 살아가면서 불필요한 감정의 소모를 더러 겪는다. 그 가운데 하나가 바로 남과 비교하는 일이다. 이미 학창 시절의 성적표로, 졸업 후에는 학력으로, 직업으로, 재산 등으로 남과 비교하면서 살고 있다. 남이 잘되면 부러운 것은 인지상정이다. 스포츠에서도 나보다 잘하는 사람은 더없이 부럽고 존경스럽기조차 한 것은 당연하다. 열심히 노력해서 그 위치에 있는 사람을 롤모델 삼아 자기 발전의 계기로 삼는 것은 나의 성장을 돕는 일이다.

남과 비교하지 말라는 것은 끊임없는 비교를 통해 자칫 패배감이나 열등감으로 인해 자신감이 위축되어 행복해질 수가 없기 때문이다. 당장 SNS만 보더라도 타인들은 나보다 걱정도 없이 행복하게만 보이지 않는가. 나보다 나은 비교 상대는 끝도 없이 계속해서 나타난다. 사실 비교 없는 세상에서 살고 싶지만, 세상은 나를 그렇게 만만하게 그냥 두지 않는다. 골프에서도 그러하다.

골프는 자신과의 경기가 아니라 다른 선수들과 함께하는 상대가 있는 경기다. 《『골프, 정신력의 게임』 중에서, 윌리엄스 스티브》

골프선수들은 대회 당일 입을 유니폼부터 신경을 쓴다. 방송 중계도 고려할 수 있겠지만 그날의 컨디션이나 날씨 등을 고려하여 예선과 본선에서 입을 복장을 미리 정한다. 가끔 같은 후원사 옷을 입는 선수가 같은 조에서 똑같은 색상과 스타일의 옷을 입고 나오게 되면 도중에 옷을 갈아입을 때도 있다. 후원사가 없는 선수들은 상대적으로 사기가 떨어질 수도 있다. 세련된 의류업체 후원사의 옷을 입은 선수와 비교가 안 될 수가 없다.

바람이 많이 부는 날에는 먼저 샷을 하는 선수가 친 볼의 낙하지점을 보면서 준비하던 골프채를 바꿀 수도 있다. 먼저 샷을 하는 선수를 참고하여 나의 샷을 고려한다는 것은 잘못된 것이 아니다. 선수에게 몇 번 골프채를 사용했는지 물어보는 것은 문제가 되지만, 잘하기 위해 내가 할 다음 샷에 최대한 주변 정보를 활용할 필요가 있다. 그것도 전략 중 하나이다.

이처럼 골프가 흔히 혼자하는 게임이라고 생각하지만 상대적이란 것을 보여주는 사례는 많이 있다. 장타자들이 동반자보다 훨씬 멀리 보내놓고도 비거리가 짧은 동반자가 깃대에 바짝 붙여놓는 경우나, 10m 이상 먼 거리에 있는 사람이 퍼트를 잘해서 먼저 홀인을 해버리면 3m 이내에서 충분히 한 번에 넣을 수 있는 사람이 갑자기 멘탈이 흔들려서 홀인 못하는 경우도 있다. 자기보다 좋지 않은 환경에 놓여있던 사람이 어려운 상황을 잘 극복하게 되면 일순간 당황하게 된다. 자기는 잘해야 본전이다. 이럴 땐 '나도 잘하면 된다.'라고 가볍게 생각하거나 동반자의 샷에 일희일비하지 않으면 된다. 남의 장점은 잘 살펴서 나의 부족함에 보태서 활용하면 될 것이지 괜한 비교 우위를 통해 스스로 실망하는 기준으로 삼지 말아야 한다.

조선 선조 때 재상 이원익은 '뜻과 행동은 나보다 나은 사람과 비교하고(志行上方), 분수와 복은 나보다 못한 사람과 비교하라(分福下比)'라고 했다. 즉 인격은 높은 사람과 비교하여 나의 부족함을 채우고, 부귀영화는 낮은 사람과 비교해야 욕심을 내지 않고 더 행복해질 수 있음을 말한다.

나는 토트넘에서 활약하고 있는 손흥민 선수를 좋아한다. 손흥민 선수가 나오는 실시간 중계방송은 놓치지 않으려고 하는 팬이다. 손흥민 선수의 골 모음 장면을 TV에서 볼 때마다 즐겁고 대리만족을 얻는다. 손흥민 선수의 장점을 나름대로 정리해보면,

1. 침착한 골 결정력. 결정적인 기회를 놓치지 않는다. 다른 선수들이 놓친 기회조차도 나의 기회로 삼는다.
2. 최대한 단순하게 슛한다. 공을 왔을 때 가능하면 바로 슛하고 머뭇거리지 않는다.
3. 판단력이 뛰어나다. 뒷공간 침투 등 공간 파악 능력이 탁월하다.
4. 다양한 기술을 보유하고 있다. 양발을 모두 능수능란하게 사용할 수 있다.
5. 뛰어난 드리블과 빠른 달리기 능력(33.3km/h)이 있다. 70m 단독 드리블로 FIFA 푸슈카시상을 수상했던 '번리전 원더골'을 보면 알 수 있다.
6. 탈압박에 강하다. 공격수에 달라붙는 여러 명의 수비수를 따돌리는 능력이 뛰어나다.
7. 인품이 좋다. 평소 동료들의 평가, 도움 골 하는 모습이나 경기 후 어린 팬에게 입고 있던 티셔츠를 선물하는 등의 행동에서 잘 나타난다.

축구는 단체종목이지만, 운동의 기본 개념은 골프도 유사할 수 있다. 골프도 결정적인 순간에는 실수하지 않고 침착하게 마무리해야 한다. 이 기회를 놓치게 되면 더 어려움이 생긴다. 기회가 왔을 때는 잡아야 한다. 모든 스윙도 가능하면 단순해야 한다. 코스 매니지먼트를 위해 판단을 잘해야 한다. 드라이버, 아이언, 퍼트 등 샷의 다양한 기술을 꾸준히 연마해야 한다.

골프선수의 힘은 다리에서 나온다고 타이거 우즈도 말했듯이 강인한 체력이 기본적으로 뒷받침되어야 한다. 골프도 압박감을 이겨내는 멘탈 능력이 필요하다. 그리고 운동에 앞서 기본적인 인품도 갖추어야 한다. 경쟁자를 단순히 경쟁 측면에서만 인식하지 말고 서로서로 도움을 줄 수 있는 동반자로 생각해 보자. 부재승덕(不才勝德)이란 말이 있다. 재주가 덕을 이길수 없다는 것이다. 아무리 똑똑하고 능력이 뛰어나도 인품이 제대로 갖추어져 있지않다면 진정한 프로가 아니다. 이처럼 이왕 비교할 거라면, 손흥민 선수처럼 기량이 탁월하고 품성이 좋은 프로를 롤모델로 삼아서 자신의 어제와 오늘을 비교하는 것이 바람직할 것이다.

　　　　　　　　　2장 골프, 삶을 예술로 만든다

정타(正打)가 장타(長打)이다

골프에서 장타를 치려면 '하면 된다'는
적극적인 사고(positive thingking)가 필수적이다

— 아놀드 파머

골퍼라면 누구나 '멀리 똑바로(Far & Sure)'를 원한다. PGA에서 존델리가 처음으로 300야드 장타 시대를 열었다. 이후로리 매킬로이(317야드), 행크 퀴니(321야드), 브라이슨 디섐보(323야드) 등 장타자들이 많다. LPGA에는 Anne van Dam(290야드), Bianca Pagdanganan(284야드), Lexi Thomson(279야드), Nelly Korda(275야드) 등 270야드 이상 나가는 선수들이 많이 있고 최근 2부 투어에서는 298야드를 치는 선수가 나왔다. 곧 300야드를 치는 선수가 나올 전망이다. 메이저대회를 중심으로 투어 코스 세팅이 점점 더 길어지는 추세다. 2021년 데이터를 살펴보면, LPGA에서 활동 중인 한국 선수들 가운데는 김아림 프로가 277야드로 5위이며, 김세영 267야드,

박성현 263야드, 이정은6 261야드, 고진영 258야드, 전인지 255야드, 유소연 254야드 순이다.

최경주 프로는 "프로나 아마추어 고수 골퍼 가운데 그립이 나쁜 예는 거의 없다."라고 했다. 대부분 골프채를 느슨하게 잡거나 다운스윙 때 다시 잡는 경우가 많다 보니 백스윙 정상에서 골프채가 흔들리고 임팩트하는 순간 골프채가 뒤틀려서 정타가 안되니 원하는 샷이 나오지 않는다고 말했다.

장타를 치려면 우선 정타를 쳐야 한다. 물론 정타를 친다고 모두 장타는 아닐 것이나, 장타의 기본이 정타다. 제대로 헤드 가운데를 정확하게 맞추어야 한다. 그리고 헤드 스피드도 높여야 한다. 느린 정타에서 장타는 나오지 않는다. 헤드를 맞추는 순간 마찰 속도를 높이고 동시에 타임 밸런스(정확한 임팩트를 위해 허리 코어의 턴과 무게 중심의 이동, 손목 코킹 유지 시간 등이 조화롭게 이루어지는 리듬과 템포)를 잘 제어해야 한다. 힘이 덜 센 어린 선수들이 성인 아마추어보다 비거리가 많이 나가고 야구 선수 출신들 가운데 장타자가 많다.

장타로 페어웨이에 공을 떨어뜨려 놓으면 일단 좋은 스코어 내기에 유리하다. 만일 드라이버샷이 정타가 되지 않고 슬라이스나 OB가 나게 되면 비거리 손해를 본다. 장타는 지형에 따라 지름길로 가로질러 타수를 줄일 수는 있지만, 공이 멀리 날아갈수록 러프에 떨어질 확률도 높아진다. 또 장타자는 아이언샷의 정확도가 떨어지고 퍼팅 능력도 부족하다는 편견이 있기는 하다.

국내 골프장처럼 OB가 많이 나는 산악지형의 코스는 비거리보다 정확도를 높이는 편이 다소 유리하다. 그러나 장타자는 클럽 선택의 폭이 넓으며, 상황에 따라 비거리를 제어함으로써 정확도를 높이기 위한 시도를 할 수 있어, 상대적으로 비거리가 짧은 선수에 비해 장점이 있다. 최근에는 상위권 선수들 가운데 장타자에 아이언샷과 퍼팅 능력까지 모두 갖춘 선수들이 많다. 최혜진 프로(2021년 장타 10위, 페어웨이 적중률 29위, 그린 적중률 1위), 오지현 프로(2021년 장타 13위, 퍼팅 9위), 장하나 프로(2021년 장타 11위, 그린 적중률 2위, 퍼팅 8위), 김세영 프로(2021년 장타 20위 262.89야드, 그린 적중률 1위 77.62%, 그린 적중 시 퍼트 1위 홀당 1.73개) 등이 대표적이다.

현재 LPGA에서 활동 중인 장타자 박성현 프로 경우도 초기에는 공이 멀리 날아가 러프에 빠지는 경우가 허다했다. 그래서 거리에 따라 우드로 적절하게 샷을 통제하면서 다승 획득에 성공하여 미국까지 진출하였다. 대다수 아마추어 골퍼들도 장타에 대한 열정은 높다. 아마추어 가운데는 "골프는 비거리다!"라고 주장하면서 어프로치샷보다 비거리에 중점을 두는 사람들이 의외로 많다. 그러나 비거리 욕심만 지나치다 보면 자칫 어드레스 때부터 힘이 들어가서 클럽을 당기거나 정타가 안되어 장타의 기회를 놓치게 되는 경우도 자주 발생한다.

골프공의 표면은 딤플로 되어 있다. 딤플은 볼이 비행할 때 최적의 궤도를 만들어내는 공기역학적 기능이 있다. 그것이 만들어내는 결과물이 바로 백스핀이다. 볼은 둥글기 때문에 정타에는 백스핀이 걸리지만, 살짝 빗맞게 되면 볼이 찌그러지고, 드라이버 페이스도 안쪽으로 살짝 들어가면서 사이드 스핀으로 변하게 된다. 이런 특성으로 프로선수들은 페이드나 드로를 만들어내기도 하지만 아마추어 골퍼들은 슬라이스와 훅으로 나타난다.

볼은 헤드의 중앙인 '스윗스폿'에 정타로 맞아야 제대로 똑바로 간다. 사이드 스핀이 나지 않도록 하려면, 스윙할 때 타원형의 완만한 궤적을 유지하면서 플로스루 때 팔을 목표 방향으로 쭉 뻗어야 한다. 이처럼 백스윙부터 무조건 빠르고 강하게 스윙할 것이 아니라, 임팩트 이후에 잘해야 한다. 통상 아마추어 골퍼들은 드라이버샷 할 때 몸에 힘이 많이 들어가 임팩트 순간에 볼이 페이스에서 떨어지기 전에 헤드의 방향이 바뀌면서 볼이 깎여 맞아 사이드 스핀이 발생한다. 나도 "왜 팔을 앞으로 쭉 뻗지 않느냐?"는 지적을 자주 받는다. 장타는 정타를 쳐서 헤드 페이스가 볼에 접촉하는 순간 극대화하는 것도 필요하지만, 동시에 사이드 스핀이 일어나지 않도록 방향성을 유지하는 것도 중요하다.

'모로 가도 서울만 가면 된다.'라는 말이 있다. 여기서 '모'는 모서리를 말하는 것으로 멀리 돌아서 간다는 말이다. 이 말은 참 유용하게 쓰이곤 한다. 정면 돌파하여 바로 갈 수 없는 상황에서 시간이 걸리더라도 목표는 달성해야 할 때 쓰이는 말이다. 골프에서도 정타가 되지 않고 사이드 스핀이 발생하여 슬라이스나 훅으로 비거리가 짧거나 어려운 장애물에 봉착했을 때 흔히 긍정적으로 동반자를 위로해주는 말이다. 인생 여정에서는 굳이 시간과 노력이 더 많이 들고 지치기 쉬운 '모로 돌아가는 길'을 선택할 필요가 있을까. 할 수 있다면 정정당당하게 정면승부를 하는 것이 가장 지름길이고 효율적일 수 있다.

정면승부는 확실한 자신감이 있어야 도전해볼 수 있다. 그렇다고 '러프'나 '벙커'조차 무시하면서 정면 돌파하는 것은 현명한 방법이 아니다. 또 정타와 같은 '굿샷'에서만 좋은 결과가 나오는 것은 아니다. 정타가 안된 트러블 샷도 잘 처리하면 된다. 어려운 샷을 잘 처리해서 나의 평균 타수를 유지하게 되면 사기가 올라 오히려 더 잘 될 수도 있다.

타이거 우즈도 장타의 중요성을 인정하면서도 불필요하게 무리한 공략법은 바람직하지 않다고 말했다.

무리하지 않는 유연함의 지혜도 골프를 통해 배울 수 있

다. 그래도 일단 정타가 되어야만 장타가 나올 수 있고 원하
는 방향으로 쉽게 보낼 수 있다. 자! 그냥 똑바로만 갑시다.
골프든 우리 삶이든.

골프는 나의 수명을 늘린다

심리학자에 의하면 사람들이 평소에 억눌려왔던
욕망, 울분들을 모두 발산시킬 수 있는 절호의 기회이자
장소가 바로 야외 골프장이다.
－『골프는 인생이다』 중에서, 홍사중

'우리나라에서 대부분의 직장생활은 한 인간이 입체적인
모습과 다양한 역할로 사는 시간이 아니다. 회사가 필요로
하는 도구로 살아온 시간이며, 사회적 성공이란 자기 억압
의 결과일 수 있다. 그런 삶의 끝에서 만난 은퇴란 몸에 밴
자기 억압이 한꺼번에 풀리는 일대 사건이다. 과장하자면
평생 감옥에 있다 출소하면서 눈부신 햇빛에 눈을 찡그리는
출소자 같은 상태다…'『당신이 옳다』의 저자 심리학자 정혜
선은 은퇴자들이 겪게 되는 우울증과 무력감은 당연한 감정
이라고 했다.

사람들은 은퇴한 이후에 한동안 겪게 되는 우울증과 무력감에서 벗어나려고 여러 가지 노력을 한다. 헬스장에도 가고 등산도 하며 학원에도 다녀보고. 나 또한 퇴직하면서 갑자기 다가온 많은 자유시간이 처음에는 너무 좋다가도 어떻게 해야 할지 몰랐다. 물론 해보고 싶었던 이런저런 것들을 해보았지만 그래도 시간이 많이 남아돈다. 코로나 탓도 있겠지만 거의 집에만 붙어있자니 괜히 아내와 아이들에게도 눈치가 보인다. 비록 은퇴는 하였지만, 여력이 있는 한 흔들림 없이 어떤 형태이든 일은 계속할 것이다. 뭉근하게 피어오르는 열정을 그대로 삭히기에는 아쉬움이 아직 남아있기 때문이다.

짬짬이 일하면서 그동안 제대로 하지 못한 골프를 시작했다. 오랫동안 젖어있는 테니스 자세가 하루아침에 쉽게 바뀌지는 않는다. 테니스 스트로크할 때처럼 골프채를 휘두를 때면 어김없이 무게 중심이 앞으로 쏠린다. 머리를 고정해야 하는데 앞뒤로 흔들린다. 대체로 엎어 친다. 딸에게 간간이 코치를 받기도 했지만, 쉽게 고쳐지지 않는다. 테니스와 골프가 흔히 서로 잘 맞지 않는다고 하는데 반드시 그렇지만은 않다는 것도 알게 되었다.

테니스의 세계적 스타 라파엘 나달은 골프 대회에서 6위를 한 적도 있다. 2018년도에는 '라파엘 나달 골프 챌린지'를 주최할 정도로 골프에 관심이 많다. 골프와 테니스가 근육의 이완-긴장 관계를 통해 강력한 파워를 뿜어내는 원리는 유사한 것 같다. 자주 하다 보니 스코어에 관계없이 골프가 주는 진정한 맛을 알게 되니 그렇게 재미있을 수가 없다. 그러나, 이미 오랫동안 형성된 스타일을 너무 급격하게 바꾸는 것보다 다소 엉성하지만, 이미 굳어진 스타일을 그대로 유지하면서 조금씩 고쳐나가 보기로 했다.

골프장에서 좋은 사람은 밖에서 만나도 좋은 사람이라는 말이 있다. 내가 불러서 와주는 동반자나 나를 불러주는 부킹자는 고맙기 그지없다. 하버드 대학교 졸업생들을 수십 년간 추적해서 행복감을 연구한 조사 결과를 보면,

행복감이 높은 사람은 돈이 많거나 사회적 지위가 높은 사람이 아니라 가족이나 친구들, 지인들과 자주 교류하는 사람들이었다고 한다.

사람을 만나게 되면 그 사람으로 인해 자극을 받는 것이 또 사람이다. 거창하지는 않지만 좋은 사람과 밥을 자주 먹는 것은 분명 행복한 일 가운데 하나다. 골프가 그런 행복감을 가져다줄 수 있기에 특히 은퇴한 사람에게는 정서적으로 도움이 되는 스포츠임에는 분명하다.

골프를 하려면 거의 하루라는 시간도 필요하다. 골프장들이 대부분 수도권에 많이 있어서 이동하는 데도 대체로 2시

골프는 나의 수명을 늘린다 **135**

간 내외이다. 아침 새벽녘에 이동하는 것이 차라리 나을 때가 많다. 저렴하지 않은 그린피, 만만치 않은 부킹, 동반자 결정 등 여러 제한 사항은 있다. 상대적으로 여유가 있는 은퇴자의 경우는 시간은 그다지 문제는 되지 않는다. 비용 절감을 위해 여러 가지 방법을 찾아보기도 한다. 골프장 이동 시간 동안은 오롯이 나 자신을 위해 이것저것 생각하는 시간이 될 수도 있다. 만나고 싶은 사람들과 함께 운동하고 밥 먹고 서로 안부를 물으면서 인생의 지혜를 나누기도 한다.

90세가 넘었는데도 여전히 건강한 예비역 장군이 있다. 그의 건강 비결은 골프였다. 매주 골프장을 찾는 낙으로 산다고 한다. 그는 골프 하는 순간이 너무나 행복하다고 말한다. 물론 동반자 차량으로 이동하지만 아직도 7~80대보다 비거리도 많이 나간다. 실제 신체적 나이도 어려 보이고 아직도 꼿꼿한 자세를 그대로 유지하고 있다. 그에게는 골프 그 자체가 보약 한 채 먹는 것 그 이상의 효과인 것 같다.

일본 도쿄대 노화연구소가 도쿄 주변에 사는 65세 이상 인구 5만 명을 대상으로 혼자서 운동한 그룹과 운동은 안 해도 남과 어울린 그룹 중 나중에 누가 덜 늙었는지를 관찰했다고 한다. 그 결과 나 홀로 운동파의 노쇠 위험이 3배 더 컸단다. 남과 어울려 다닌 사람이 더 건강했다는 이야기다. 어울리면 돌아다니게 되고, 우울증도 없어지고 활기차게 보인다. 또 단순한 외출보다는 사람들과 교류하는 편이 훨씬 신체 활력이 좋았다고 한다. 외로이 혼자 등산을 다니는 것보다 만나서 수다 떠는 게 더 나았다는 이야기다.(조선일보, 2021.8.26)

미국 CNBC 닷컴에서도 "골프가 당신의 수명을 5년 더 늘릴 수 있다."라고 보도한 적이 있다.

남녀노소가 자연 속에서 걷기를 통해 신체의 활동량을 늘리다 보면 건강에 도움이 되고, 또 집에서 밖으로 나오게 만들어 사교활동도 할 수 있고, 게임을 통해 정신집중과 재미를 함께 선사해 주는 스포츠가 골프인데 어디 이만한 게 또 있을까 싶다.

하여튼 골프는 내가 퇴직한 후 우울증과 무력감에 빠지지 않도록 해준 고마운 친구다. 골프는 은퇴자의 마음을 따뜻하게 녹여 준다. 은퇴와 동시에 사라져가던 목표를 다시 세우게 해주고, 집중하게도 하며, 사라져 가는 긴장과 도전 의식도 다시 소환한다. 골프를 하는 동안은 적어도 우울하거나 무력감에 빠질 틈이 없다. 자기반성은 있을 수 있지만, 또 다음을 기약하는 희망까지 품게 해준다.

행복은 현실 그 자체가 아니라 현실 그 자체를 어떻게 해석하느냐에 달려 있다.

은퇴 후 마냥 우울할 수도 있지만, 내가 즐길 수 있는 골프를 아무 때나 할 수 있다고 생각하면 기분이 좋아진다. 은퇴해서 무료한 것이 아니라 할 일이 없어서 무료한 것일 뿐이다. 물론 골프뿐만 아니라 여행, 산책, 독서 등 다양한 취미 생활도 있다. 나 또한 다양한 취미활동을 동시에 즐기고 싶다. 그리고 이병률 시인이 여행 산문집에서 쓴 "시간을 럭셔리하게 쓰는 자. 그런 사람이어야 한다."라는 글귀처럼 나에게 주어진 시간들을 그렇게 쓰고 싶다. 인생도 결국 여행길이기도 하고. 그 여행길에서 만난 골프라는 친구를 통해 얻는 건강과 이 행복감을 나도 럭셔리하게 느껴보고 싶은 마음에 오늘도 설렘으로 골프장을 다시 찾는다. 나의 수명도 늘어나길 은근 기대하면서.

2장 골프, 삶을 예술로 만든다

화가 풀려야 인생도 풀린다

화내는 순간 골프는 무너진다.

– 토미 볼트

    화는 억울한 상황이나 원하는 대로 일이 풀리지 않을 때 자연스럽게 일어나는 감정이다. 자연스러운 감정이기에 화 내지 않으려 참는 것이 여간 어려운 일이 아니다. 살아가면서 우리는 최대한 화를 참아야 하며 만일 화가 일어나게 되면 이를 잘 통제해야 한다. 자칫 화를 다스리지 못하면 물질적 심리적으로 엄청난 손해를 입게 된다.

    "분노는 골프의 최대의 적이다."라는 말이 있을 정도로 골퍼 가운데서도 미스샷을 했을 때 감정을 억제하지 못해 실패하는 경우가 의외로 많다. 이들은 대부분 골프채를 집어 던지거나 페어웨이 잔디를 골프채로 찍는 행위를 한다. 오죽했으면 미국골프협회(PGA)에서 클럽을 고의로 파손하는 행위에 벌금을 부여하기로 했을까. 화를 내면 효과적인 플레이를 제대로 할 수 없고, 흥분된 상태라 다음 샷에 집중할 수도 없으며 화가 난 근육은 경직되어 샷을 쉽게 망가뜨릴 수 있다.

골퍼들이 화를 내는 이유는 심리학적으로 자신의 실수를 받아들이고 싶지 않기 때문이라고 한다. '또 바보같이 이런 실수를 반복하다니…' 실수와 실패를 거듭하는 한심한 자신을 참지 못한다. 실수할 수 있음을 인정해야 하는데 자존심 때문에 쉽게 받아들이지 못한다. 이런 자존심 때문에 자신의 문제가 무엇인지 또 어떻게 하면 문제를 해결할 수 있는지도 알지 못하게 된다. 실수 자체에 화를 못 참고, 다음 샷에서 만회하려고 또 무리하게 되는 행위의 반복이다. 연속해서 실수가 나오게 된다. 이는 더 큰 실수로 이어질 수 있다.

2021년 US 오픈에서 디샘보, 로리 매킬로이, 브룩스 켑카 등 쟁쟁한 스타들을 물리치고 우승한 욘람(스페인)은 아마추어 시절부터 탁월한 재능을 보였지만, 코스에서 감정을 잘 다스리지 못했다. 평소에는 수줍음이 많고 사려 깊다는 그이지만 경기가 제대로 풀리지 않을 때는 욕설은 물론 골프채를 패대기치기 일쑤였다. 그런 그가 갓 태어난 아들에게 어떤 아버지가 되고 싶은가, 아버지의 그런 행동을 아들이 봐도 정말 괜찮은가 하는 대화를 캐디와 깊게 나눈 끝에 심리적으로 큰 변화가 일어났다고 한다.

"여태까지 우승하는 데 분노가 도움이 된다고 변명해왔다. 하지만 삶은 원래 좌절로 가득하고, 잘 극복하면 좋은 순간들로 이어진다는 걸 알게 되었다. 좌절감을 크게 드러내지 않으면서도 최고의 경기를 할 수 있다. 실수해도 예전만큼 괴롭지 않다." 우승 소감에서 그렇게 말했다.

즉문즉설로 유명한 법륜스님은 일순간 화가 일어날 때는 우선 화가 일어나는 줄 빨리 알아차려야 한다고 말한다. 화가 계속 사라지지 않을 때는 화를 계속 지켜보아야 하고, 알아차리기만 해도 화는 더 이상 커지지는 않는다고 한다. 『화』의 저자 틱낫한 스님은 그 어느 것도 화를 푸는 근본 해결책은 아니라고 말한다. 함부로 떼어낼 수 없는 신체 장기처럼 화도 우리의 일부이므로 억지로 참거나 제거하려 애쓸 필요가 없다고 한다. 오히려 화를 울고 있는 아기라고 생각하고 보듬고 달래라고 충고한다.

화가 났을 때는 남을 탓하거나 스스로 자책하기보다는 자신의 마음을 다스리는 것이 가장 시급한 일이다. 어떠한 자극에도 감정의 동요를 받지 않고 늘 평상심을 유지하는 방법을 알아야 한다. 이것은 평소에 연습이 되어 있어야 한다. 자신의 내면과 대화하기, 명상 등을 통해 마음 훈련이 되어야 한다. 이런 연습을 거치면 화가 올라오는 것을 알았을 때 화를 일단 누그러뜨릴 수 있다. 길게 숨을 들이마셨다가 내뿜는다거나 주변을 둘러보면서 마음을 추스르는 등 자신만의 루틴을 통해 마음의 평정을 찾아야 한다. 순간적으로 치밀어오르는 화는 감당하기 어려워도 이를 빨리 잠재울 수는 있다. 시간이 있을 때는 음악감상이나 운동, 목욕, 취침 등 여러 가지 방법도 있을 것이다.

불평불만만 계속 쏟아내게 되면 될 일도 안 될 수 있다. 투덜대는 것도 습관이 되면 고치기 어려워진다. 이런 습관은 악성 바이러스다. 몸에 배면 화를 자초하는 시발점이 되기도 한다.

말에는 각인효과(刻印效果)가 있다고 한다. 같은 말을 반복하게 되면 그대로 된다는 것이다. 자나 깨나 "감사합니다"를 반복한 말기암 환자에게 한순간 암세포가 사라졌다는 좋은 사례도 있다.

불평불만이나 습관적 욕설을 삼가고 매사 감사한 마음을 말로 표현하다 보면 화를 내는 습관도 줄어들 수 있을 것이다. 필드에서는 다음 샷을 준비하는 짧은 시간에 화를 충분히 진정시켜야 한다. "뭐가 그리 억울하고 분할까?" "억울하면 다음에 연습 열심히 하고 나오면 될 것을." 이렇게 생각하면 되는데. 다음 샷을 하기 전에 조금 전에 발생한 화는 잘 다독거려서 또 다른 화가 겹치지 않도록 조심해야 한다. 무릇 화를 잘 풀어야 인생도 잘 풀리는 법이다. 그렇게 계속 씩씩거린다고 해결될 문제는 아니다. 그만 징징대고 화 좀 풉시다!

핑계 없는 무덤 없다

코스에서 우물쭈물하는 놈은 무엇을 해도 시원찮다.

- 처칠

어릴 때부터 좋아하는 이솝 우화에 '여우와 포도' 이야기가 있다. 여우가 과수원을 서성이다가 높은 포도나무 가지에 달린 맛있는 포도송이를 발견하고 먹으려고 포도를 향해 점프한다. 하지만 안타깝게도 닿지 않는다. 하루 종일 여우는 계속 뛰어올랐지만, 결국 성공하지 못하고 쓸쓸히 과수원을 빠져나간다. 그러면서 하는 말이, "어차피 포도는 너무 시어서 맛도 없을 거야." 탐스러운 포도를 먹지 못하니 여우는 처음에 포도를 먹고 싶다고 했던 긍정 마인드에서 부정 마인드로 바꾸어 버린다. 실패한 자신을 이런저런 이유를 대면서 합리화한다. 포도는 여전히 맛이 있는데도 말이다. 살아오면서 이런 여우처럼 쪼잔하게 어려운 상황에 놓이게 되면 자기 합리화를 추구한 적이 꽤 많이 있었던 것 같다. 핑계 대는 직원에게 "해보기는 했어?"라고 일갈했던 정주영 회장처럼, 실천이 먼저다.

골프가 잘 안 되는 이유는 108가지도 넘는단다. 골프채를 바꿔서, 새로 산 골프화라, 몸살이 나서, 잠을 설쳐서, 캐디가 잘못해서, 날씨가 너무 더워서, 너무 좋아서, 잘 안될 이유가 없어서……. 프로선수들도 대회 며칠 전부터 대회장 인근에 숙소를 정하고 지낸다. 4일 일정으로 하는 대회는 프로암, 연습라운드까지 하면 6일간 집을 떠나 있다. 그런 일정이 매주 계속 이어지면 하루 이틀 정도만 잠시 집에 들렀다가 다시 떠나는 반복이다. 하여튼 집 떠나면 모든 게 고생이다. 불편하기 짝이 없다.

통상 예선전 이틀간은 하루는 IN 코스로 다른 날은 OUT 코스로 나가는데 한번은 오전 조, 한번은 오후 조로 편성이 된다. 방송이 시작되는 시각을 중심으로 상금순위 순으로 각각 5개 조가 정해지고 나머지는 랜덤으로 진행된다. 그래서 대부분 한 번 정도는 새벽같이 기상해서 준비해야 한다. 이런 날은 충분히 일찍 잠을 자야 한다. 만일 잠을 자지 못하면 다음 날 컨디션이 나쁠 수밖에 없다. 최고의 선수들은 예외 없이 자신의 몸을 잘 돌보고 컨디션을 잘 관리하는 사람들이다. 컨디션을 잘 유지하면 골프를 계속해도 덜 피로하고, 체력이 향상되는 효과가 있다.

골프장에서 일어나는 모든 현상의 책임은 선수 본인이다. 선수가 직접 운전해서 대회에 참석하여 몸이 피곤하거나 캐디와 마찰이 있어서 다투어 스트레스를 받든지 모두 전적으로 선수의 문제다. 그가 불평한다면 자기 합리화를 위해 핑계대고 있을 뿐이다.

로리 멕켈로이는 인터뷰에서 이런 말을 한 적이 있다. "나도 매번 경기에 임할 때는 컨디션이 좋을 때도 있고 그렇지 않을 경우도 있었다. 정작 컨디션이 안 좋을 때가 더 많았다. 그런데 그런 경우에도 사실 오히려 좋은 성적을 얻었던 때가 더 많았다. 그것은 오로지 의지의 문제인 것 같다. 컨디션이 안 좋은 날에도 내 의지가 강하면 극복될 수 있었다."

살아가면서도 어설픈 핑계는 대지 말자. 그리고 좋지 않은 여건을 나름대로 잘 극복하도록 노력해보자. 그런 상황에도 잘되면 오히려 기쁨은 배가 될 수 있다. 나이가 인생에 가장 좋은 핑계라는 말도 있지만 100세 시대에는 그것도 이젠 더 이상 핑곗거리가 아닐 것 같다. 더 이상 핑곗거리가 없다는 정도의 핑계는 이해해주겠다.

모든 것은 마음먹기 나름이다

인생길도 오로지 앞으로만 간다. 어제로 돌아갈 수
없다. 길이란 결국 포기하지 않으면 도착한다. 지치면
쉬어가되 멈추지는 마라. 성공? 실패? 모든 것은
마음속에 있다. 포기하지 않으면 도달한다.
— 『산티아고의 노란 화살표』 중에서, 송진구 교수

길을 가다가 걸려 넘어지면 걸림돌이고, 딛고 일어서면 디
딤돌이라고 한다. 여의길상(如意吉祥). 길하고 상서로운 것도
마음먹기에 달려 있다. 원효 스님이 동굴에서 자다가 해골
바가지에 고여 있는 물을 엉겁결에 들이킨 다음 날 기절초
풍하면서 일체유심조(一切唯心造). 모든 것은 마음먹기에 달
렸다는 이치를 깨우쳤다.

한자의 마음 심(心)자는 심장을 형상화한 글자이다. 오태
식 『골프포위민』 기자는 골프 스코어를 망치는 5가지 마음

으로 욕심, 의심, 소심, 방심 그리고 상심을 들었다. 골퍼들이 흔히 말하는 버디가 보기가 되는 욕심(慾心)은 골퍼들이 가장 경계해야 하는 마음이다. 또 불안한 마음에 생기는 의심(疑心)으로 실패를 자초한다. 지나치게 조심성이 많아 위기 상황에 약해지는 소심(小心), 진 사라젠의 말처럼 골프에서 만사가 순조롭게 진행될 때 찾아오는 가장 위험한 방심(放心) 그리고 골프가 어려울 때 어김없이 찾아오는 상심(傷心)을 잘 다스려야 좋은 스코어를 낼 수 있다고 한다.(골프한국, '오태식의 골프이야기', 2022.1.2) 이 마음 '심'(心)에 신념의 막대기를 꽂으면 반드시 '필'(必)자가 된다.

그때그때 일어나는 여러 가지 마음을 잘 다스리기 위해서는 집중을 잘해야 한다. 행운도 그냥 오지 않는다. 무언가를 이루겠다는 간절함을 넘어선 절박함이 있어야 한다. 한때 우리 사회에 'Secret 시크릿' 열풍이 불었던 적이 있었다. 당시 이 책은 많은 사람에게 감동을 주었다.

당신의 인생에서 나타나는 모든 현상은 당신이 끌어당긴 것이다. 당신이 마음에 그린 그림과 생각이 그것들을 끌어당겼다는 뜻이다. 강하게 원하면 자석처럼 눈에 보이지 않는 끌어당기는 힘이 작동한다. 끌어당김의 법칙을 바라보는 가장 쉬운 관점은 나 자신을 자석이라고 가정하는 것이다. 〈『시크릿』 중에서, 론다 번〉

아침에 눈 뜨면 '오늘도 건강한 하루를 시작할 수 있음에 감사합니다. 오늘 하루도 즐겁고 / 자유롭고 / 행복하고 / 사랑이 함께 하는 하루가 되길 희망합니다. 오늘도 좋은 사람과 함께 하길 간절히 희망합니다.'라는 삶의 긍정적 의지가 불타올라야 한다. 골프를 하면서도 자석과 같은 끌어당김의 간절함이 있어야 한다.

궁하면 통하고, 통하면 변하고, 변하면 오래간다.(窮卽通, 通卽變, 變卽久 궁즉통, 통즉변, 변즉구) 약 3,000년 전에 집필한 주역에도 나오는 말이다.

2020년 딸이 KLPGA 정규리그 마지막 대회를 남기고 상금순위 60위 내에 들어야 지옥의 레이스라는 시드전을 거치지 않고 내년도 시드권을 확보되는 상황이었다. 코로나로 인해 갤러리가 통제된 상황이라 대회장에 따라가지도 못하고 있던 나는 불안한 마음에 인근 강화도 마니산으로 올라갔다. 우리나라에서 기(氣)가 가장 세다고 알려진 그곳에 가면 무엇인가 이루어질 것 같은 지푸라기라도 잡는 심정으로. 예전에도 딸과 함께 여기를 다녀온 이후 드림투어에서 우승한 좋은 기억이 있었기에 딸과 가끔 등산도 하곤 한다.

딸은 현재의 스코어만 유지해도 무난하게 시드권을 확보할 수 있는데 뒤에서 치고 올라오는 대여섯 명의 선수들에게 따라잡히면 어려워질 수 있었다. 예전에도 유사한 상황에서 60위의 벽을 넘지 못한 사례가 있었기에 더 초조하였다. 만일 이번에 유지하지 못하면 시드전에도 출전하지 않겠다는 딸이어서 꼭 그 순위 내에 들어가야만 했다. 대회 최종일이라 컷오프 선상에 있는 선수들은 모두 초긴장 상태였다. 반드시 현재 순위를 유지해야 하는 딸과 절박하게 따라붙는 선수들. 딸은 처음부터 어렵게 경기를 풀어나가고 있었다. 전반에 보기만 4개. 뒤따라오는 61위 선수는 실수도 없이 파플레이만 계속하고 있었다.

마침내 나는 홀로 마니산 정상에 올라섰다. 바로 스코어를 확인해보니 딸이 막 버디를 했다. 마니산의 기운인가. 다시 하산하기가 망설여졌다. 3개 홀을 지나는 동안 파플레이로 계속 잘하고 있길래 비로소 하산을 시작했다. 내려오니까 그런가. 성적이 오르락내리락하였다. 이대로면 시드권 확보가 어려워진다. 이제 마지막 홀까지 왔다. 거의 포기상태였다. 그런데 바로 앞서가던 선수가 마지막 홀에서 실수를 했다. 벙커에 들어가면서 보기를 한 것이다. 그 선수도 얼마나 긴장했겠는가. 조마조마하게 바라보던 딸은 마지막 홀에서 파로 선방하였다. 마침내 2021년도 시드권을 확보하였다. 마치 우승한 것과 같은 기쁨이었다. 물론 마지막까지 추격해오던 그 선수에게는 다소 미안했지만(그 선수도 이후 시드전에서 시드권을 확보하였고 2021년 딸에 이어서 우승까지 하였다).

꿈을 이루지 못하더라도 실망하지 않고 자신을 계속 믿게 되면 또 다른 무엇인가를 바로 얻게 된다는 끌어당김의 법칙은 자신의 믿음을 확신하고 부족함과 결핍을 채우려고 더 많이 노력하게 만든다. 내가 나를 먼저 믿지 못하면 그 어떤 것도 이룰 수 없다. 2만 피트 상공에서 낙하산을 메고 뛰어내리는 훈련을 받을 때 예비 낙하산도 메고 있지만, 나의 등에 매달려있는 낙하산이 제때에 제대로 펼쳐질 것이라고 믿어야만 안심하고 뛰어내릴 수 있다. 낙하산을 믿듯이 인생이나 필드에서나 일단 나를 믿어야 한다. 내가 생각하는 대로 내 운명은 끌려오게 되어 있다. 모든 것은 마음먹기에 달려 있다. 지금부터라도 내 운명을 한번 제대로 끌고 가는 내가 되길 꿈꾸어 보자. "나는 나를 믿는다!"

인생도 골프 루틴처럼

골프는 각본 없는 18회 드라마이다.
— 『골프는 90% 심리경기이다』 중에서, 헨리 비어드

루틴(Routine)이란 선수들이 최상의 실력을 갖추기 위해 각자 습관적으로 행하는 자신만의 고유한 동작이나 절차이다. 루틴은 준비 동작, 혼잣말, 특별한 제스처 등으로 다양하게 나타난다. 골프에서의 루틴은 자신감, 주의 집중 등 심리적인 면과 육체적인 준비, 긴장의 이완, 전술 능력 향상 등에 도움을 준다.

골프 루틴은 3가지 유형으로 구분할 수 있다. 첫째, 라운드 전 루틴으로 라운드를 잘 수행하기 위한 준비 단계이다. 목표설정, 긍정적 언어, 불안 조절, 주의 집중, 이미지 트레이닝 등 심리적 요소가 포함된다. 선수마다 방식이 다르나,

공통점은 식사, 코스 공략, 퍼팅연습, 준비운동, 날씨에 따른 골프복 선정, 골프채와 장비 점검(골프공, 골프티, 볼 마커, 선글라스, 비옷 등), 캐디와 소통 등의 요소들이 있다.

둘째, 라운드 간 루틴은 비연속적으로 진행되는 골프에서는 특히 중요하다. 여기에는 샷 이전에 하는 프리샷과 샷 이후의 포스트샷으로 나눈다. 포스트샷 루틴은 매 홀을 돌면서 대기하는 잦은 휴식을 통해 심호흡과 이완 등으로 압박감, 흥분, 혼란, 분노, 우울 등 감정을 새롭게 정비하여 다음 샷을 준비한다.

셋째, 라운드 후 루틴으로 라운드 경험을 통해 성장의 기회로 삼는다. 라운드 후 승패에 집착하지 않도록 감정을 전환해야 다음 경기에 도움이 된다. 육체적으로 필요한 조치나 충분한 휴식을 취한다. 심리적 상처(좌절, 분노, 슬픔)를 찾아내고 완전히 해소한다. 일반적으로 루틴을 말할 때는 프리샷을 의미하나, 골프 라운드 전반에 걸친 준비와 정리과정이라고 보면 된다.

프리샷 루틴은 우선 목표를 확인한다. 목표를 향해 2~3회 빈 스윙을 한다. 그리고 볼 위치, 그립, 스탠스, 에이밍, 얼라이먼트 등 셋업 자세를 확인한다. 이어서 자연스러운 스윙을 위해 2~3회 손을 왔다 갔다 움직이는 왜글을 한 후 다시 한번 목표를 재확인하고 기억하면서 스윙하는 절차로 진행된다. TV 방송에서 골프 프로선수들이 티박스나 필드에서 프리샷 루틴을 볼 기회가 있을 것이다. 일부 선수들은 매번 바람 방향을 확인하는 등 루틴은 골퍼마다 다르다. 자기의 특성에 맞게 준비하면 된다. 골퍼는 스윙의 실수를 줄이기 위해 자기에게 맞는 루틴을 만들어서 반복하여 습관이 되어야 한다. 미스샷이 자주 나오거나 실수가 반복될 때는 자신의 루틴을 재점검해 볼 필요도 있다.

루틴이 중요한 이유는 골프에서 중요한 멘탈을 관리하기 위한 기본이기 때문이다.

테니스 나달 선수의 특이한 루틴 동작은 유명하다. 생수병 2개를 벤치 근처에 세워놓는데 상표가 코트 쪽을 향하게 한다. 엉덩이-어깨-귀-코 등 신체 7개 부위를 만진 이후에 서브를 넣는 등 미신에 가까운 루틴을 한다. 나달은 이런 행위가 자신이 온전히 경기에 집중하기 위함이라고 하며 주변 환경을 정리해야 자신의 머릿속도 더 잘 정돈되는 느낌이라고 말했다.

골프 대회 일정이 갑자기 변경되거나 변동이 심한 날씨, 관중, 경기장 조건 등의 외적 요인과 골퍼 자신이 만들어내는 심적 방해 요소, OB, 페널티에 대한 불안감, 경기에 대한 부담감 등 집중하지 못하는 내적 요소 등으로 선수가 흔들릴 때 루틴은 자신의 특성을 정확히 자각하게 하여 적절한 대응을 하게 한다. 자신에 대한 확실한 루틴이 없으면, 돌발 변수에 적응하지 못하여 경기력이 급격히 저하될 수 있다.

골프는 결국 각 홀에 있는 깃대(목표)를 향해 샷을 날리는 게임인데 루틴은 볼을 깃대(목표)에 최소한의 타수로 보내기 위한 자기만의 절차이고 방식이다. 루틴은 선수가 그 과정에 집중하게 하여 역경에 쉽게 대응할 수 있게 해준다. 프로는 스윙, 스트로크, 퍼팅, 칩샷 등을 자신만의 연습 루틴으로 수없이 반복하여 흔들리지 않는 정교한 기술로 만든다. 훌륭한 프로 가운데 전문 기술이 떨어진 선수는 없다. 요행으로는 인정받을 수 없는 스포츠 중 하나가 골프다.

타이거 우즈도 "내가 좋은 샷을 할 수 있는 이유 중 하나는 언제나 같은 루틴을 따르기 때문이다. 나의 루틴은 변하지 않는 나만의 유일한 것이다. 그것은 내가 최상의 샷을 할 준비가 된 상태에서 내 순간 평정심을 유지할 수 있도록 한다."라며 루틴의 중요성을 말했다.

스포츠 현장에서 선수들에게 엄청난 내외적 정보가 들어온다. 루틴에 뛰어난 선수는 선택적 주의 집중력이 높다. 혼잡한 파티에서도 자신과 대화하는 사람에게만 주의를 집중하는 심리학 용어로 '칵테일 파티 현상'이라고 부른다. 이런 선택적 주의 집중력은 골퍼에게 특히 중요하다. 실례로 타이거 우즈가 티샷 루틴을 하고 있을 때 캐디가 캐디백을 넘어뜨린 적이 있었는데, 루틴 후에 캐디가 미안하다고 했을 때 타이거 우즈는 루틴에 집중하느라 미처 그 소리를 듣지 못했다고 한다.

우리의 삶에서도 골프 루틴처럼 자기만의 루틴을 만들어보자. 아침에 일어나면 따뜻한 물 한잔으로 몸을 가볍게 한다든지, 산책, 운동과 독서 등 지속적인 습관도 하나의 루틴이 된다면 내가 계속 성장하는 데 많은 도움을 줄 것이다. 그리고 나만의 목표를 설정하여 하나씩 달성해나가거나 어떤 장애물을 만나더라도 멘탈이 흔들리지 않고 승리하는 습관이 몸에 밴다면 이 또한 멋진 나의 인생 루틴이 될 수 있을 것이다.

끝나기 전까지 끝난 것이 아니다

행복이란 퍼터를 쥐고 그린까지 먼 거리를 걷는 것이다.

— 그렉 노먼

당나라 시인 두보는 "장부개관사시정(丈夫蓋棺事始定), 장부의 일은 관뚜껑을 덮은 후에야 정해진다."라고 했다. 사람의 일은 관 뚜껑을 덮기 전까지는 아무도 모른다는 말이다. 괴테도 명작 『파우스트』를 60세에 쓰기 시작하여 82세에 탈고했고, 소크라테스의 원숙한 철학은 70세 이후에 이루어졌다.

미국은 2011년에 정년제도를 아예 없애버렸다. 능력이 있고 조직이 원하면 계속 일할 수 있다. 은퇴했다고 내 인생의 여정이 끝난 것은 아니다. 가치 있는 삶을 추구하는 이들에게 은퇴는 별로 의미가 없다. '끝날 때까지 끝난 것이 아니다'라는 말은 인생 역전의 희망을 의미할 수도 있다. 정년 나이가 지나도 개인 능력에 따라 얼마든지 청장년 때보다 탁월한 기량을 발휘할 수 있고 사회에 더 기여할 수도 있다. 그렇다고 너무 과욕을 부리다가는 노욕이라는 상처와 수치심만 남게 될 수 있기에 신중해야 한다.

"끝날 때까지 끝난 것이 아니다." 이 말은 미국 야구의 전설적인 뉴욕 양키스 포수 출신인 요기 베라가 시합이 끝날 때까지 선수들이 매 순간 최선을 다해야 한다는 뜻으로 말해서 명언이 되었다. 농구의 쿼터 종료 직전에 날려서 날아가는 중에 버저가 울린 슛을 버저 비터(buzzer beater)라고 한다. 쿼터 종료 버저가 울린 시점에서 선수의 손에서 공이 떠나 있었다면, 쿼터 종료 후라도 골대에 들어가면 득점으로 인정된다.

버저 비터뿐만 아니라 야구에서의 끝내기 안타, 축구의 골든 골, 각종 스포츠에서의 막판 역전으로 승패가 뒤바뀌는 경우가 많고 그 짜릿한 극적 효과는 대단하다. 그래서 승자나 패자나 끝날 때까지 긴장의 끈을 놓치면 안 된다. 2021년 테니스 프랑스 오픈에서도 세계 1위 노박 조코비치는 남자 단식 결승에서 4시간 11분 접전 끝에 스테파노스 치치파스에게 세트 스코어 3:2 역전승(6-8, 2-6, 6-3, 6-2, 6-4)을 거두었다. 메이저대회 결승에서 첫 두 세트를 먼저 내주고도 내리 3세트를 뒤집어 우승한 첫 번째 선수가 되었다.

조코비치는 "결승에서 먼저 두 세트를 내줬을 때 '이제 끝났다.'라는 내면의 소리가 들렸지만, '나는 아직 안 끝났다.' 라고 자신을 격려하면서 버텼다."라고 말했다.

골프에서도 이런 일들이 비일비재하다. 2019년 KLPGA BC 카드-한경 레이디스컵에서도 조정민 프로가 7타차 열세를 딛고 역전 우승을 한 적도 있었다. 최종 라운드에서 버디 7개와 보기 2개를 하여 5언더파 67타를 쳤다. 최종합계 12언더파 276타로 2위를 1타 차로 이기고 우승컵을 들어 올렸다.

2020년 8월 23일 KPGA GS칼텍스 매경오픈 대회에서 이태희 프로는 15번 홀(파4)에서 4홀 남기고 선두에게 3타 뒤지고 있었다. 그린 주변 러프에서 칩샷을 버디를 하더니 16번 홀에서는 3.5m 버디 퍼트를 성공해 1타 차로 압박했다. 가장 어려운 홀인 17번 홀과 18번 홀에서 어렵게 파를 지켜낸 반면, 선두는 끝내 지키지 못하고 연속 보기를 하여 승부가 뒤집히고 말았다. 이태희 프로는 2019년 GS칼텍스 매경오픈 대회에서도 5홀을 남기고 2타 차로 지고 있다가 승부를 원점으로 만들고서 3차 연장에서 이긴 경험도 있다.

2021년 LPGA 메이저대회 US 여자오픈 대회에서 역대 두 번째로 10대 챔피언이 된 필리핀의 천재 소녀 유카 사소 도 마지막 날 렉시 톰프슨에게 1타 뒤진 2위로 출발했다. 2·3번 홀을 연속 더블보기를 해서 우승이 불가능한 것처럼 보였다. 5타 차 선두를 달리던 톰프슨이 후반 11번 홀 더블 보기에 이어 14번 홀과 17·18번 홀 보기로 스스로 무너진 반면, 사소는 16·17번 홀 연속 버디를 잡으면서 역전의 기회를 만들었다. 하타오카 나사와 연장 3번째 홀에서 3m 버디를 성공시키며 우승을 차지했다.

KLPGA 대회에서 통상 예선 첫날이 아닌 2일 차나 3일 차를 무빙데이(moving day)라고 한다. 선수들의 점수가 많이 이동하기 때문에 첫날의 상위 성적을 그대로 유지하기가 쉽지 않다. 그래서 처음부터 한 번도 선두를 빼앗기지 않고 마지막까지 선두로 우승하는 '와이어 투 와이어'[Wire to Wire: 경마에서 유래된 용어로 부정 출발을 방지하기 위해 철사 줄(wire)을 출발선과 결승선에 설치한 데서 비롯]를 유지하는 것은 어려운 일이다.

특히 골프에서는 마지막 홀에서 점수 차이가 크게 나지 않고 경기가 계속 진행되다 보면, 한두 타 차이로 선두였던 선수가 오히려 심적 부담감을 떨쳐내지 못하고 짧은 거리 퍼트를 실수하는 등 난조로 역진되는 시례가 빈번하다. 인생에서 관뚜껑에 못 박기 전까지, 골프에서 시합이 끝나는 마지막 홀 컵에 볼이 떨어지고 장갑을 벗기 전까지 끝난 것이 아니다. 어떻게 될지 아무도 모른다. 하여튼 끝까지 희망을 움켜쥐고 최선을 다할 일이다. 나는 아직 끝나지 않았다!

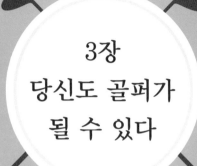

3장
당신도 골퍼가
될 수 있다

골퍼, 선택과 집중

*당신이 지금 있는 곳에서 행복할 수 없다면
당신이 있지 않은 곳에서도 행복할 수 없다.*

– 찰리 존스

세상에는 다양한 직업이 있다. 최근 한국직업사전에 등재된 직업 수는 총 16,891개나 된다. 한 조사에 의하면 초등학생 희망 직업 베스트 10에서 1위가 운동선수라고 한다. 힘들고 어려운 운동선수가 인기가 많은 이유는 약 1%의 스타 선수들의 연봉과 인기가 부럽기 때문일지도 모른다. 주 단위 억대 연봉을 받는 스타처럼만 될 수 있다면 꿈에 그리던 모든 것을 가질 수 있다고 생각할 수 있을 것이다.

운동은 우리가 살아가는 데 많은 영향을 미친다. Taylor, Dallis 등의 연구 결과에 따르면 운동을 통해 자신감, 확신, 정서적 안정감, 독립심, 기억력, 자기통제, 성적 만족, 행복감 등이 증진되고 공허감, 우울증, 공포증, 스트레스, 적대감 등이 감소한다. 어떤 이는 골프도 처음에는 취미생활로 선택했을 수 있다. 아예 처음부터 프로선수를 꿈꾸며 직업으로 선택한 이들도 있다. 외국에 유학 갔다가 골프에 빠져서 학위는 뒷전이고 골프지도자 자격증을 따서 티칭 코치로 전업하는 이도 가끔 있다. 무엇을 선택한다는 것은 또 다른 무엇을 포기해야 한다는 말이다.

이동규 칼럼니스트는 '선택이란 고난도의 포기행위다. 포기한 자만이 집중할 수 있다. 선택과 집중보다 포기와 집중이 더 타당한 말이다. 세계적 고수들의 핵심 메시지는 안되는 것을 부여잡고 평균 수준으로 끌어올리려 애쓰지 말고 자신만의 장기를 더욱 발전시켜 남이 감히 넘볼 수 없게 하라는 것이다. 무엇을 할 것인가가 아니라 무엇을 포기하고 버릴 것인가의 문제다.'라고 말했다.

만일 어린 자녀가 골프를 하겠다는 야무진 의지를 피력하면, 골프를 선택하게 되면 일단 네가 좋아하는 많은 것을 포기해야 하는데 그럴 수 있겠냐고. 많은 어려움과 곤란에 빠져도 이겨낼 자신이 있겠냐고 물어볼 필요가 있다.

단순히 취미로 골프를 하는 것은 그다지 문제가 되지 않는다. 시간이 날 때 언제든지 레슨이나 독학으로 연습하면서 라운드를 즐기면 된다. 그러나 직업으로서 골퍼가 되려면 먼저 본인의 의지가 있어야 한다. 왜냐하면, 골프의 역량을 단기간에 끌어올리기가 쉽지 않아서 결실을 보기까지는 오랜 시간이 필요하다.

그래서 가족의 도움, 경제적 지원 등이 없이 혼자의 힘만으로 성공하기가 어려운 스포츠다. 부모의 의지에 이끌려서 하기도 싫은 운동을 한다면 오히려 역효과가 날 수 있다. 오래가지 못한다. 어떤 부자(富者) 부모는 자식이 공부는 뒷전이고 특별히 잘하는 것도 없어서 골프라도 배워 잘되면 좋고 안되면 티칭 프로라도 하게 만들겠다고 골프를 시키는 경우가 있다.

다행히 자녀도 의지가 있으면 부모의 뜻대로 될 수도 있지만, 의지가 약할 때는 실패하는 사례를 보았다. 프로선수가 되기도 쉽지 않은데 그 과정에서 한없이 들어가는 비용과 해도 해도 성적이 밋밋할 때는 어떻게 할 것인지 부모나 자녀 모두 이런 상황을 고려해야 한다. 그래도 하겠다면 골프를 하도록 허용해도 좋을 것이다. 그럴 자신이 없는데도 굳이 하겠다면 장차 다가올 어려움과 곤란 그 모든 것을 감내해야 한다.

우리는 살아가면서 늘 무엇인가를 선택하게 된다. 내 의지대로 선택할 수 없는 부모나 국가 등의 경우를 제외하고 대부분은 양자 혹 다자 가운데 선택을 한다. 직업이나 배우자, 문과나 이과 등 선택지는 다양하다. 선택과 결정은 유사한

뜻으로 혼동될 수 있지만, 선택의 기준이 모호할 때 하는 것이 결정이다. 하여튼 많은 스포츠 가운데서 골프를 선택하여 프로선수가 되기로 결정하여 행복해질 수만 있다면 잘한 일이고 멋진 일이다. 나아가 실제로 골프 프로선수 생활을 하게 되면 최상일 수 있으나, 아니더라도 행복할 수 있다면 그것만으로도 괜찮다. 계속 이어지는 심적 부담감으로 행복하지 않은 골퍼의 길을 간다면 매우 안타까운 일이다. 행복도 선택이다.

행복은 행복을 추구하는 그 열정과 과정 가운데서 진정한 행복의 맛이 있다. 꿈을 꾸는 그 열망 가운데 최고의 행복이 숨어있다. 인생은 그 자체가 목적이지 행복이 목적이 될 수는 없다. 행복감을 느끼는 정도도 사람마다 나라마다 그 기준이 약간씩 다를 수 있다. 그러나, 일단 골퍼가 된 이상 행복한 골퍼가 되어야 한다. 어떤 기한을 정하지 말고 묵묵히 내일을 바라보며 달려가 보자.

돌아보면, 딸도 누구도 제대로 알아주지 않는 길고 긴 무명 시절을 보냈다. 그러나, 어느 하루도 성실하지 않은 적은 없었다. 그래서 긴 시간 기본기가 탄탄하게 쌓여온 듯하다. 이왕 그 어려운 운동선수가 될 것으로 선택을 했다면 무엇보다도 성실해야 한다. 성실이라는 개념에는 인내와 절제라는 요소가 들어있다. 내 몸을 쓴다는 것은 때로 고통이 동반하기 때문이다.

운동선수는 내 몸이 곧 실전에서 써먹어야 하는 무기이고, 장비이다. 하나뿐인 소중한 내 마음도 내가 스스로 아프게 해서는 안 된다. 몸도 마음도 늘 최상의 컨디션을 유지하도록 부단히 노력해야 한다. 선수가 성실하지 않다면 그는 더 이상 선수가 아니다.

'나태는 슬픔을 가져온다.'라는 토마스 아퀴나스의 말처럼 하루라도 연습과 훈련에 나태하거나 자신의 감정을 인내하고 절제하지 않으면 결과는 뻔하다.

은퇴 이후에도 프로 골퍼들은 대부분 다양한 삶을 성실하게 잘 살아가고 있다. 골프에 대한 전문성을 최대한 활용하는 경우가 많다. 투어 생활 경험을 바탕으로 아카데미를 직접 운영하거나 골프 방송에 직접 뛰어들기도 하고, 골프 유튜브 크리에이터로 활동하는 이들도 있다. 직접 골프를 하지 않더라도 매니지먼트 회사나 골프용품 회사에서 근무하거나 이를 운영하기도 한다. 선수들의 멘탈을 코치해주는 멘탈 코치사로, 대학교 골프학 교수 등 직업도 다채롭다. 골프에 대한 강렬한 애정과 지난 애증들이 함께 녹아있기 때문에 가능한 일이다. 이처럼 하고 싶은 분야에서 자기 삶을 즐기는 것도 행복한 일 중의 하나일 수 있다. 물론 어떤 이는 다시는 골프를 하고 싶지 않다는 이도 있을 수 있다. 그런 사람은 또 다른 길을 선택하면 된다.

나는 지금 다시 그 예전으로 돌아간다면 과연 딸에게 골프를 선택하게 했을까 하는 생각을 가끔 해본다. 딸도 골프를 하겠다고 계속 떼를 썼을까. 언젠가 딸은 주변에서 골프를 시키겠다고 하면 우선 말리겠다고 했다. 충분히 이해가 간다. 선수들 대부분 그렇게 답할 것이다. 나도 누군가 이러한 도전 앞에서 망설이거나 두려워한다면 굳이 이 좁은 문을 권하고 싶지는 않다. 그러나, 모험과 도전 앞에서 운명을 던지는 자에게만 기회나 행운도 찾아온다. 행동하지 않는 이에게는 어떠한 기회도 행운도 없다. 골프선수로 가는 길이 비록 험난하고 어려울지라도 과감하게 도전하며 이를 즐길 준비가 되어 있는 사람에게는 충분히 선택해볼 만한 일이라고 감히 추천하고 싶다.

집중은 골프에서 중요한 요소이다. 운동에 있어서 집중이란 필요한 때와 장소에서 적절한 동작, 기술, 반응, 선택 등을 필요한 시간만큼 유지하는 행위를 말한다. 집중은 바로 '현재 여기(now & here)'에 초점을 맞춘다. 인생이 그러하고 골프도 그렇다.

어떻게 하면 집중을 잘할 수 있을까? 누구든지 무엇엔가 집중하게 되면 시간 가는 줄 모르고 빠지게 되는 경험이 있을 것이다. 재미있는 영화를 보면 어떻게 시간이 흘렀는지 모른다. 선수들도 지치면 샷이 흔들릴 수 있다. 며칠 동안 계속 이어지는 대회, 대회장으로 이동하는 여정 등 피곤한 시간들이 누적되다 보면 본의 아니게 실수를 할 수 있다. 게임이 끝날 때까지 순간 순간 샷을 하는 그 짧은 시간에도 흔들림 없는 집중력이 요구된다. 무의식상태에서도 몸에 밴 스윙이 감(感)으로 자연스럽게 나타날 때까지 부단히 집중하여 연습해야 한다.

스포츠나 예술 등 전문분야에서의 실력 차이는 결국 연습량에서 나온다. 같은 동작을 끊임없이 반복 훈련하게 되면 이런 동작들이 제2의 천성이 된다.

『아웃라이어』의 저자 말콤 글래드엘은 재능이란 타고난 것이라는 논리에 반기를 들고, 한 분야의 전문가가 되기 위해서는 적어도 1만 시간(매일 3시간씩 10년 동안)이 필요하다는 '1만 시간의 법칙'을 제시했다.

하지만, 연습량이 무작정 많다고 능사는 아니다. 어린 시절 무턱대고 하루 10시간씩 무리하게 연습하다가는 소중한 내 몸만 망가진다. 중도에 잦은 부상으로 포기하는 경우가 많다. 무식하게 연습하면 안 된다. 연습량보다는 집중해서 얼마나 제대로 하느냐가 중요하다.

국가대표였던 모(某) 프로 경우에도 어린 시절에 하루 1,500개 이상의 볼을 때리며 많은 연습을 하다가 척추 분리

증을 심하게 앓았으나, 각고의 노력 끝에 병을 극복한 사례
도 있다.

골프는 집중(focus)과 이완(relax)을 반복적으로 잘해야만
더 큰 성과를 얻을 수 있다. 집중할 때는 제대로 집중하고
이완할 때는 다음 집중을 위해 또 제대로 이완할 줄도 알아
야 한다.

딸도 어릴 때 기초를 다질 때는 많은 시간 동안 연습했지
만, 투어 프로 생활하는 지금은 체력강화에 중점을 두며 균
형 있게 짧은 시간이라도 집중의 강도를 더해가면서 연습하
고 있다. 하여튼 골퍼라는 직업을 선택한 이상 골프에 최대
한 집중해야 하는 것은 너무나 당연한 일이다.

우리는 살아가면서 선택과 집중을 잘 하는 자가 결국 성공
한다는 평범한 진리를 잘 알고 있다. 매순간 찾아오는 선택.
후회하지 않도록 신중하고 올바르게 선택하되, 한번 선택한
이상 최상의 집중력으로 성공이라는 목표를 향해 힘차게 달
려가자.

골프 프로 입문과 자세

체력, 두뇌, 인내심 그리고 기본기,
이 네 가지 요소야말로 잭 니클라우스가 골프선수로서
위대한 업적을 이룰 수 있었던 비결이라고 생각한다.

― 잭 그라우트

여자골프선수들은 우선 아마추어와 프로로 구분할 수 있
다. 여자골프선수들을 지원하는 국내 조직에는 중고연맹대
회 등 아마추어 대회를 주관하는 KGA(대한골프연맹)와 프로
대회를 주관하는 KLPGA(한국여자프로골프협회)가 있다. 만 18
세가 되면 아마추어에서 프로로 데뷔할 수 있다. 프로가 되
기 위해서는 우선 프로 테스트를 통과해야 한다. 프로가 되
어야 KLPGA 모든 대회에 참가할 자격이 주어진다. 현재
KLPGA에는 4개의 투어가 있다. 정회원만 참가할 수 있는
정규투어와 정회원과 I-Tour(International Qualifying Tour-
nament Stage) 회원이 참가할 수 있는 드림투어 그리고 준회

원(세미프로)·티칭회원·I-Tour회원·이론교육 이수자가 참가할 수 있는 점프투어가 있다. 또 만 42세 이상 프로(아마추어: 만 40세 이상)가 참가할 수 있는 챔피언스투어도 있다.

현재 KLPGA 정규투어 선수로 활동하고 있는 정회원이라면 거의 세계적인 수준이다. 세계 순위도 명시된다. 오랫동안 정규투어 프로로 활동하고 있다면 체력이나 심리적이나 대단한 에너지와 내공을 가진 선수라고 보아도 손색이 없다. 1978년 5월 26일 로얄골프장에서 열렸던 여자부 프로 테스트에서 강춘자, 한명현, 구옥희, 안종현 이상 4명이 통과하였다. 최초로 여자프로가 탄생한 이후 나라 전체가 경제 악화로 우울하던 시기에 전 국민에게 희망과 자긍심을 선사한 박세리 프로의 맨발 투혼을 보며 더욱 성장한 후배들은 현재 미국, 일본 등 세계무대의 최상위권에서 전혀 기죽지 않고 역량을 맘껏 발휘하고 있다.

프로선수가 되는 프로 테스트 입문 과정은 그 자체가 고난이다. 정회원이 되려면 먼저 준회원(세미프로)이 되어야 한다. 준회원 테스트는 연 2회 실시한다. 지원 자격은 대한민국 국적을 가진 만 18세 이상 만 30세 미만 여성이다. 이론 시험은 골프 규칙과 매너 교양을 교육하며 평가한다. 실기는 예선 통과 후 본선 54홀 스트로크 플레이에서 237타[평균 79타 이내(파72홀 기준)]까지 기록한 자 가운데 상위 35명(총

70명, 1, 2차 35명씩)을 선발한다. 전년도 세계 아마추어골프 선수권대회 단체전, 개인전 2, 3위자, 전년도 한국여자아마추어골프권대회 1위자, 전년도 한국여자오픈 아마 1위자 등 실력이 입증된 경우에는 실기평가를 면제해준다.

정회원 테스트는 연 1회 실시한다. 통상 3일간 실시되며 36홀 종료 후 상위 159타 이내에 들어야 본선에 진출할 수 있다. 본선 54홀 스트로크 플레이에서 222타(평균 74타 이내)까지 기록한 자 가운데 상위 10명을 선발한다. 또 점프투어 연간 16개 대회를 4개 대회로 묶어 모든 대회에 참가하고 평균 타수가 74타 이내의 경우 상금순위 상위 14명(총 56명, 각 대회 14명씩)까지 정회원 자격을 부여한다. 이들은 협회에서 실시하는 간단한 교육을 이수한 후 정식 프로로 활동하게 된다.

정회원은 매년 60~70여 명이 선발되며, 연간 지원자가 600여 명이라고 볼 때 대략 10% 내외가 된다. 정회원이 되면 1부 정규투어와 2부 드림투어에 참가할 수 있다. 대회 참가 인원이 제한되기 때문에 매년 실시하는 시드권을 확보해야 한다. KLPGA 모든 대회는 계절별 일출과 일몰 시간을 고려하여 108명~144명 정도가 참가한다. 정규투어 상금순위 60위, 드림투어 20위, 우승자 등 일부 인원을 제외한 나머지는 매년 시드전을 통해 인원을 보충한다.

시드전에서는 20위 내에 들어야 거의 모든 대회에 출전할 수 있다. 이렇게 촘촘하게 설정되어있는 평가체계는 흔히 우스개로 '졸면 죽는다'라고 표현할 정도의 치열한 '지옥의 레이스'이다. KLPGA의 일부 선수들은 골프존에서 주최하는 G투어(스크린골프) 대회에 참가하기도 한다. G투어 대회의 상금 규모가 매년 커지고 있으며, 현재 우승상금이 2부 드림투어 수준이다. 연간 상금액이 1억 원이 넘는 선수도 나오고 있다.

골퍼들은 누구나 골프 규칙을 준수해야 한다는 기본 마인드를 가져야 한다.

골프는 심판관이 별도 없다. 자기 자신이 심판관이다. 경기 규칙이 헷갈리는 상황일 때는 대회를 진행하는 경기위원이 도움을 줄 뿐이다. 골프는 스스로 심판관이 되어 규칙을 지켜야 더 의미 있는 운동이 된다. 일반 아마추어들도 너무 규칙을 관대하게 적용하게 되면 공정한 경기가 되지 못하여 흥미가 반감될 수 있다. 명예와 진실성을 우선 가치로 여기는 R&A(영국왕립골프협회)와 USGA(미국골프협회)의 『플레이어를 위한 골프 규칙』 중에 규칙 1 '골프, 플레이어의 행동 그리고 규칙'에도 아래와 같은 내용이 있다.

– 코스는 있는 그대로, 볼은 놓인 그대로 플레이하여야

한다.
- 골프의 정신에 따라 규칙을 지키면서 플레이하여야
  한다.
- 규칙을 위반한 경우, 플레이어는 스스로 페널티를
  적용하여야 하며 매치플레이의 상대방이나 스트로크
  플레이의 다른 플레이어들보다 잠재적인 이익을
  얻어서는 안 된다.

규칙 1에서도 가장 먼저 언급하는 것이 "코스는 있는 그대로, 볼은 놓인 그대로 플레이해야 한다(Play the course as you find it and play the ball as it lies)."라는 것이다. 골프는 일종의 윤리 스포츠다. 스스로 정해진 규칙에 따라 판결을 내리고 처리하고 정직하게 진행하는 것이 골프다. 똑같은 조건으로 플레이를 할 수 있도록 규칙을 만들어 놓았다. 잠재적인 이익조차 허용하지 않는다.

골프를 신독(愼獨)의 스포츠라고 하는 이유다. 신독(愼獨)은 동양의 고전인 '대학'과 '중용'에서 유래한 말로, '홀로 있을 때도 도리에 어그러지는 일을 하지 않고 삼감'이라는 뜻이다.

모든 스포츠는 지켜야 하는 규칙이 있고 지켜야 스포츠이다. 골프에서도 규칙대로 하면 되는데 가끔 선후배 간 또는 직장 상사와 하는 경기에서는 선배나 상사가 말하는 것이 경기 규칙이 되어버리는 사례도 있다. 출발 첫 홀과 마지막 홀을 '파'로 정리하는 것도 정직한 내 실력을 가리는 것이 아니기에 정당한 방법은 아니다. 심지어 어떤 이들은 경기 도중에 페어웨이에 있는 볼을 좋은 위치에 슬쩍슬쩍 이동시키거나 그린 위에 올라온 볼의 위치를 마크하면서 슬쩍 볼의 위치를 핀 가까이 당기는 사례도 있다. 또 숲속에 볼이 들어가서 발견하지 못하는 상황에서 여분의 볼을 떨어뜨려 마치 찾은 척하는 '알까기' 행위를 하는 사례도 있다.

골프 결과에만 너무 집착하게 되면 결국 이처럼 습관성 속임수를 쓰는 부정행위를 하게 된다. 동반 골퍼들은 이런 정직하지 않은 행위를 싫어한다는 것을 알아야 한다. 세계적인 수준으로 도약한 골프강국답게 우리의 규칙 준수에 대한 인식도 달라져야 할 것이다.

동시에 동반자들이 또 하나 싫어하는 것이 '느린 플레이'이다. 『플레이어를 위한 골프 규칙』 중 규칙 5 '라운드 플레이'에도 명시되어 있다.

 - 플레이어는 정해진 시각에 각 라운드를 시작하고
 - 한 라운드가 끝날 때까지 각 홀을 이어서 플레이하여야 하며 신속한 속도로 플레이하여야 한다.
 - 플레이할 순서가 된 플레이어는 40초 안에, 대체로는 그보다 빠른 시간 안에 스트로크할 것을 권장한다.

한 사람의 느린 플레이로 전체적인 경기 흐름이 깨지거나 팀플레이마저 늦어지게 되면 다른 동반자들에게도 심리적 영향을 주기 때문에 싫어한다. 느린 플레이는 첫 번째 위반할 때는 1벌타, 두 번째 위반은 2벌타 다시 위반할 때는 실격이다. 2021년 LPGA 기아 클래식 대회에서 늦장 플레이로 1만 달러(1,133만 원) 벌금을 낸 선수도 있다. 성적 순위로 받은 상금보다 갑절이나 되는 금액인데 전년도에 낸 벌금에 이어 중과되었기 때문이다. LPGA에서는 느린 플레이 선수 블랙리스트를 확보하여 경기위원이 갤러리 속에 들어가서 감시활동을 한다고 알려져 있다.

결단력이 결핍되고 자립심이 부족한 사람일수록 플레이가 늦어지는 법이다. 또한, 자기밖에 생각하지 않는 에고(이기심)가 슬로 플레이를 낳는다. 코스에서 남을 기다리게 해서는 안 된다. 《매너 북》 중에서, 헬렌 맥도걸〉

골프에 입문한 골퍼들은 골프 정신이 주는 좋은 가치를 잘 이해하고 따르려는 노력을 통해 더욱 가치 있는 나 자신을 만들어간다는 자부심을 느낄 수 있을 것이다.

가족의 헌신과 지지

위기를 무시하는 것이 진정한 위기다.
– 『심리학을 만나 행복해졌다』 중에서, 장원청

골프 시즌이 시작되면 일정에 맞추어 아내는 새벽녘에 딸과 함께 대회가 열리는 지역의 골프장으로 가기 위해 집을 나선다. 대부분 선수 부모들이 운전기사, 매니저 등의 역할을 한다. 대회가 끝나는 순간까지 아니 집으로 다시 돌아오는 순간까지 선수를 도와주고 보살펴 주어야 한다. 선수 부모들끼리도 서로 10여 년 이상 이런 생활을 하다 보니 격의 없이 지내는 경우가 많다. 필드에서는 딸들이 선의의 경쟁을 할지언정 필드 밖에서 부모들은 친소 관계없이 서로서로 격려한다. 누가 우승하면 진심으로 축하하고 아쉽게 탈락하면 또 진심으로 격려한다. 동병상련(同病相憐)의 심정이기에 그러하리라.

자녀를 운동선수로 키운다는 것이 쉽지 않음을 선수 가족이라면 누구나 실감한다. 경제적 지원을 아끼지 않기 위해 선수 부모 가운데는 자영업, 개인 사업을 하는 경우가 많은 듯하다. 나 역시 내 월급으로만 경비를 충당하기에는 다소 벅찬 것을 느꼈다. 골프를 하는 내내 월등한 성적이 나오지 않는데도 이 길로 계속 가는 것이 맞는 것인지, 이 길이 과연 자녀를 위한 행복한 길인지, 자녀가 성공적인 인생을 갈 수 있도록 부모는 어떤 역할을 해야 할 것인지로 고민하지 않을 수가 없다. 현실의 벽에 막혀서 어린 선수의 멘탈을 따뜻하게 보듬어 볼 여유도 제대로 없다. 자녀에게 일일 연습량을 꼭 채울 것만 강조하다 보면 운동 그 자체를 즐길 줄 모르게 된다. 재능은 가졌으되 성공적인 결실을 보지 못하고 아쉽게 도중에 끝나는 경우도 허다하다.

비단 스포츠뿐만 아니라 어느 분야든 미래 꿈나무를 키운다는 것은 누군가의 엄청난 도움이 필요하다. 코치도 그러하지만 우선 가족의 헌신적인 돌봄이 있어야 가능하다. 기술적 조언보다는 비용을 절감하기 위해 가족이 캐디를 할 때도 있다. 아내도 한때 용감하게 캐디 역할을 자처했으나, 며칠을 견디지 못했다. 캐디도 보통 체력으로는 버텨내기가 쉽지 않다. 오히려 선수에게 부담을 안겨줄 수 있다. 갤러리로 대회장에 가서 보면 힘들어하는 캐디 엄마가 안쓰러워 골프백을 밀어주는 선수들의 모습도 간혹 보인다. 선수 곁에서 어떤 어려움이든지 감내하면서 선수는 오로지 경기에만 집중할 수 있도록 도와주어야 하는 것이 바로 가족이다.

가족은 너무 가깝고 편하다 보니 아무 생각 없이 쉽게 상처가 되는 말을 할 수가 있다. 그럴 때는 마음이 더 아프다. 내 편이라고 철석같이 믿었는데 느닷없이 찾아오는 배신감을 느끼게 하기 때문이다.

가족은 구성원 가운데 누군가 힘들어할 때 서로 보듬어줄 수 있어야 한다. 가족이야말로 세상에서 가장 배려가 필요한 사람들일 수 있다. 가족이라는 울타리는 처음에는 부부 중심에서 아이가 태어나면서 점점 아이 중심으로 그리고 부양 노인이 있으면 노인 중심으로 바뀐다. 그런데 가족 가운데 선수가 한 명이라도 있으면 선수를 중심으로 바뀌게 된다. 선수는 특별한 관리를 필요로 한다. 선수의 대회 일정을 고려해서 나머지 가족들도 일정을 짠다. 그래도, 힘들지만 뒤돌아보면 이런 과정을 통해 오히려 가족이 서로 이해하고 단합되는 계기가 될 수도 있다. 가족끼리 서로 조금씩 양보와 희생, 격려와 배려가 없다면 어떻게 그 긴 레이스를 가겠는가.

가족이 완벽할 필요는 없다. 그냥 하나가 되면 되는 것이다(A family doesn't have to be perfect. It just needs tp be united).
〈미국 명언 중에서〉

어린 자녀가 연습하느라 피곤한 모습을 어릴 때부터 보아 온 부모들은 연습장이나 레슨장까지 직접 운전해서 연습이 끝날 때까지 기다렸다가 다시 데리고 온다. 성년이 되어서도 그렇게 하는 경우가 많다. 기다림은 엄청난 인내가 필요하다. 갤러리가 허용되지 않는 2부 드림투어나 코로나로 갤러리가 허용되지 않을 때도 골프장 밖에서 끝나고 나올 때까지 기다리는 부모 또한 긴장과 초조함의 연속이다. 모든 골프선수 부모들은 기다림의 달인들이다.

KLPGA 선수들은 가족이 고생한다는 사정을 누구보다도 잘 알고 있다. 그래서 그들이 첫 우승을 하게 되면 대부분 "지금 이 순간까지 저를 끝까지 믿고 고생하신 부모님께 진심으로 감사드린다."라는 소감을 울먹이면서 쏟아낸다. 적어도 내가 목격한 KLPGA 선수들은 그러하였다. 그들은 모두 이 시대의 효녀들이다.

골프를 잘하고 싶지 않은 선수가 어디 있겠는가. 그러나 제 실력껏 맘대로 발휘되지 않는다. 그것을 바라보는 부모나 가족의 마음도 편하지 않다. 서로 안타깝다. 짧은 거리에서 퍼터가 맘대로 따라 주지 않을 때, 이 홀에서 잘해야 컷오프를 당하지 않을 텐데… 당사자 못지않게 이를 응원하는 부모의 심장도 쫄깃쫄깃해진다. 그래서 사실은 부모의 멘탈도 선수 본인 못지않게 강해야 한다. 쉽게 부화뇌동하거나

가족의 헌신과 지지

선수보다 먼저 무너져서는 안 된다.

십수 년 동안 딸과 함께 다닌 아내와 대화하다 보면 성인 군자가 따로 없다. 어느 날 돌아보니 멘탈의 달인이 되어 있었다. 딸의 자책 어린 투정을 묵묵히 다 받아주어야 한다. 딸의 불같은 화가 식을 때까지 묵묵히 들어주어야 한다. 엄마들 어찌 속이 썩지 않을 것이며 하고픈 말이 없겠는가. 그래도 일단은 다 지켜봐 주어야 한다. 그래야 선수 가족이 될 자격이 있다. 좋은 순간보다 안타까운 순간들을 하도 많이 겪다 보니 때로는 아예 무심하게 처신할 때도 있다. 그런 마음도 서로 이해한다. 그래도 한배를 탄 가족은 이 항해가 끝날 때까지 여행을 계속해야 한다.

가족은 선수가 잘하든 못하든 질타보다는 묵묵하게 믿어주고 하나가 되어 응원하며 격려해야 한다. 한번 헌신하기로 작정했으면 끝까지 그렇게 믿고 헌신해야 한다. 그게 가족이니까.

생이불유 위이불시(生而不有 爲而不恃)

다음의 주문을 잘 될 때까지 수백 번 반복하라.
"매일 매일, 모든 면에서, 나는 점점 더 나아지고
있으며, 나는 위대한 골퍼가 된다."
— 『골퍼와 백만장자』 중에서, 마크 피셔

'생이불유 위이불시(生而不有 爲而不恃)' 노자 도덕경 제10장
에 나오는 말이다. "낳았지만 소유하지 아니하고, 행하지만
기대하지 아니한다."라는 뜻이다. 골프를 시작하려는 선수
부모들에게 꼭 해주고 싶은 말이다. 현대적으로 해석해도
충분히 공감이 가는 말이기 때문이다.

골프선수의 멘탈은 선수의 부모가 망친다는 말이 있다.

무릇 모든 스포츠가 대체로 그러하지만, 어린 선수 지망생
들은 일찍부터 부모의 직접적인 도움을 받지 않을 수 없다.

이 과정에서 자연스럽게 선수의 멘탈에 부모가 영향을 끼친다. 자칫 선수의 인권이나 의견 등이 무시되거나 부모의 뜻에 맞추어 행동하는 타율적인 인격이 형성될 수 있다. 코치에게 선수를 맡겼으면 일일이 간섭하려 해서도 안 된다. 믿고 기다려야 한다.

생이불유(生而不有). 노자가 말했듯이 자녀는 내가 낳았으되 나의 소유물이 아니다. 자녀는 평생 나와 함께 할 수 없기에 그들 스스로 자립심을 키워주어서 자기의 인생은 자기가 책임진다는 태도를 몸에 배도록 하는 것이 부모의 역할이다.

미국 베스트셀러 『용감한 육아』의 저자 에스터 워지츠키는 "자식에게 어려움 없는 환경을 만들어주는 게 양육의 목표는 아니다. 힘든 경험은 인간을 성장시킨다. … 아이들을 키울 때 부모가 할 일은 독립심을 키워주고 뷔페처럼 다양한 선택지를 주는 것이다."라고 했다.

그는 자녀를 성공적으로 키우는 5원칙(TRICK)을 아래와 같이 제시했다.

- Trust(신뢰): 완벽한 부모는 없으니 자신을 믿고
  아이를 믿어라
- Respect(존중): 아이는 당신의 분신이 아니다

– Independence(자립): 아이 스스로 할 수 있는 건
　　　　　　　　　　절대 해주지 마라
　　– Collaboration(협력): 명령하지 말고 협력하라
　　– Kindness(친절): 타인과 세상에 관심을 가지라고
　　　　　　　　　　가르쳐라

　자녀의 성공을 바라는 부모의 마음은 누구나 똑같지만, 특히 운동선수를 자녀로 둔 부모들도 새겨볼 만한 내용이다. 골프 특성상 주도적으로 결정하고 판단하는 자율적인 스포츠인데 정작 선수는 골프 이외 일반 생활에서는 타율적이라면 아이러니하다. 연습 일정부터 대회 숙박 시설, 매니지먼트사와 후원사 문제에 이르기까지 가능하면 선수가 직접 결정하는 게 좋겠다. 부모에게 심한 의존적인 선수는 독립심이 약할 수 있다. 선수가 성인이 되는 순간부터는 대부분 모든 결정을 직접 하는 것이 바람직하다. 자녀가 운전을 스스로 할 수 있는 나이가 되면 운전하게 하는 것도 좋은 방법이다.

　대회에서 받는 상금도 본인이 관리하도록 하는 것이 좋겠다. 이렇게 해야만 자존감이 살아 있는 선수가 될 수 있으리라고 본다. 자존감이란 결국 나 자신을 존중하고 사랑하는 마음이다.

　『그만하자 공부 잔소리』의 저자 송인섭 교수는 "공부(골프)

잘하는 아이로 키우려면 먼저 자존감부터 높여라"라고 했다.

자존감이 하루아침에 형성되는 것은 아니겠지만 비교적 어린 시절부터 시작하는 골프선수가 자존감의 상처만 누덕누덕 쌓여서는 제대로 된 행복한 골퍼가 될 수 없다. 자존감이 높아야만 어떤 상황이든 어떤 사람을 만나더라도 당당하게 대응할 수 있다.

위이불시(爲而不恃). 골프의 경우를 생각해 보면, 너무 큰 기대를 하지 말고, 편안하게 하는 것으로 이해할 수 있다. 간혹 선수 가운데 능력이 뛰어났음에도 불구하고 심리적 압박감을 버텨내지 못하고 중도 하차하는 경우를 더러 목격했다. 지나친 기대는 오히려 악영향만 줄 뿐이다. 자녀가 잘할 때까지 기다려보면 어떨까.

골프는 단기간에 성과를 볼 수 있는 스포츠가 아니다. 줄서서 기다리다 먹는 음식이 3배나 더 맛있다고 한다. 선수나 부모는 기다릴 줄 알아야 한다. 심지어 어떤 부모들은 선수가 라운드를 마치고 나오면 OB나 쓰리 퍼팅을 몇 개 했느냐고 묻는다. 잘못한 성적에 바로 실망하며 크게 질책한다. 매번 이런 상황이 반복되면 그 선수는 OB나 쓰리 퍼팅을 하는 순간이 되면 이젠 골프공이 부모 얼굴로 보일 것이다. 부모의 잦은 꾸중은 방어적인 마음을 키우게 된다. 부모는 선수가 실수한 기억을 끄집어내기보다는 잘한 샷을 떠올릴 수 있도록 대화를 시도해야 한다.

어떤 프로선수의 아빠는 딸을 위해서 골프장을 구매해버린 사례도 있었다. 과도하게 좋은 여건을 만들어 준다고 무조건 좋은 것만은 아니다. 이것도 자녀에게는 심적 부담이 될 수 있다. 누구나 어떤 결핍이 있어야 그 부족을 채우기 위해 더 노력하고 의지력이 강해질 수 있는 법이다.

나는 딸이 골프를 시작하고 지금껏 대회 결과를 가지고 직접 질책한 적이 별로 없다. 내가 직접 지도할 능력이 되지 않을뿐더러 자칫 선무당이 사람 잡는다는 말처럼 될까 두려웠기 때문이다. 또 자칫 부모의 습관적인 지적이 쌓이다 보면 자녀 또한 습관적으로 계속 주눅이 들거나 기가 꺾일 수도 있다. 물론 아내가 딸과 직접 밀착하여 다니는지라 시합이 끝나면 둘 사이에 일정 기간 갈등이 조성될 때도 있었지만, 딸은 시간이 지날수록 자기 주도적으로 대부분의 어려움을 잘 해결하고 있다.

적어도 선수 부모들은 노자의 말처럼 자녀들은 내가 낳았지만, 나의 소유물이 아니고 어엿한 인격체로서 존중해주어야 한다. 자녀에게 끝없는 사랑과 헌신은 하되 무엇인가를 너무 크게 기대하지 않는 게 좋다는 사실을 분명히 인식해야 한다. 자립심이 강하면 오히려 골프가 더 좋아지고 잘될지도 모른다. 일부 선수들은 직접 운전해 투어 활동을 다니기도 한다. 옆에서 잔소리꾼 부모가 일일이 간섭하는 것보다 스스로 자율적으로 행동하게 되면 책임감도 더 느끼고 효율적일 수 있다. 무릇 부모도 감정을 가진 사람인지라 때로는 자기 감정을 통제하기에 벅찰 때도 있지만, 모름지기 부모는 자녀가 골프나 인생에서 더 행복할 수 있는 길을 찾도록 안내하고 도와주는 역할이 더 의미가 있지 않을까 싶다.

골프 레슨

연습을 했다고 완벽하게 되는 것은 아니다.
완벽하게 연습을 했을 때만 완벽하게 된다.

– 빈스 룸바르다

미래 골프선수를 꿈꾸는 어린 자녀나 일반 성인들이나 처음 골프에 입문할 때 먼저 어디서 누구에게 배울 것인가가 가장 큰 고민이다. 일반 아마추어들은 주변에 골프를 잘하는 동료, 지인들이나 연습장 티칭프로에게 레슨을 받는 경우가 대부분이다. 어린 선수 지망생들은 흔히 골프 아카데미에 발을 내밀거나 처음부터 골프 프로선수가 되겠다는 목표가 있으면 유명 레슨프로를 찾아가서 제대로 기초부터 잘 다지는 방법도 있다.

아마추어인 골프선수 지망생들은 국가대표나 상비군도 될 수 있다. 국가대표가 되면 대한골프협회에서 일정 기간 집

체교육도 시켜준다. 국가대표는 매년 중고연맹 대회 등에서 얻은 상위포인트로 선발하는 방법과 선발전을 거친 남녀 6명씩 총 12명으로 구성된다. 국가대표는 국가를 대표하여 통상 아시안게임에 남녀 각각 6명 가운데 4명씩 출전한다. 대표적인 남자 국가대표 출신으로는 임성재, 김시우 프로가 있으며 여자 국가대표는 박세리, 고진영, 김세영, 김효주, 박성현, 유소연 프로 등 무수히 많다. 2016년 세계 아마추어선수권 대회에서 우승한 박민지, 박현경, 최혜진 프로도 포함된다.

골퍼를 꿈꾸는 중고등학생이라면 누구나 국가대표나 상비군이 되기를 희망한다. 그러나, 이런 엘리트 코스에 들어가지 못했다고 해서 굳이 실망할 필요는 없다. 사람마다 능력을 꽃피우는 시기도 다르고 시작하는 시점이나 연습방식도 차이가 나기 때문이다. 국가대표 생활을 거치고도 성공하지 못하는 사례도 더러 있다. 무리한 연습 끝에 찾아오는 잦은 부상, 골프 입스 등으로 조기 은퇴하는 이도 의외로 많다.

어린 선수 지망생들이 골프를 배울 수 있는 또 다른 방법은 티칭 능력이 있는 아빠가 직접 자녀에게 가르치는 것이다. 타이거 우즈도 전직 야구 선수이자 베트남 전쟁 때 그린베레였던 육군 중령 출신 아빠가 2살 때부터 직접 가르쳤다. 그는 아들을 골프 챔피언이 아닌 좋은 사람으로 키우고 싶어 했다. 학교 숙제를 해야만 골프 연습을 할 수 있었고,

골프를 진심으로 사랑할 수 있도록 최대한 자유를 주었다고 한다. 그리고 아들에게 겸손함과 정신적 강인함을 키워주었고 기합이나 구타, 스파르타식 훈련 등은 전혀 사용하지 않았다고 알려져 있다. 이처럼 어린 시절에는 부모가 능력만 된다면 직접 가르치는 것이 효과적일 수 있다. 그러나, 부모가 그런 능력이 없다고 기죽을 필요는 없다. 전문 코치에게 맡기는 방법도 있다. 타이거 우즈의 아빠 얼우즈도 타이거가 4살이 되자 미련없이 전문 코치에게 티칭을 맡겼다. "지원은 간섭보다 훨씬 더 생산적"이라고 하면서.

골프 레슨을 받을 때는 고려할 부분이 있다. 골프의 기본기를 튼튼히 갖춘 유능한 선수라면 굳이 정기적으로 레슨을 계속 받을지 생각해 봐야 한다. 레슨은 기초를 다지는 것이고, 골프는 쉽게 자세를 바꾸거나 고칠 수 있는 운동이 아니다. 그런데 코치에 따라서 선수의 자세를 계속 고치도록 요구한다면 오히려 더 혼란스러울 수도 있다. 코치를 잘 만나서 심리적 안정감도 주고 서서히 스윙 자세를 개선해 나가도록 배려해준다면 문제가 없겠지만, 그렇지 않다면 스스로 고쳐나가는 게 오히려 나을 수가 있다. 물론 환자가 전문의를 찾아가듯이 선수가 스윙이나 멘탈에 문제가 생기게 되면 당연히 전문 코치를 찾아가서 진단을 받는 것이 필요하다.

딸은 프로 데뷔 이전에는 정기적으로 레슨을 받았지만, 데뷔 이후에는 별도 골프 레슨을 받지 않는다. 그러나, 필요할 때는 받는다. 혼자 생각하고 연구하면서 나름대로 감각적인 샷을 구사한다. 지난 시간을 돌아보면 한창 배울 때인 어린 시절에 전문 코치들로부터 기본기를 제대로 잘 교육받은 것 같다. 당시에도 습득 능력이 뛰어났던 것으로 코치들이 말했었다.

평소에 샷이 잘 안되면 주변에 아는 언니 오빠들에게 영상을 보내서 교정을 받기도 한다. 혼자 하다 보니 어려움은 있지만, 오히려 자립심이 강해지고 문제해결 능력이 생기는 장점도 있다.

잭 니클라우스도 "누구든 자신의 경기를 충분히 파악하고 연습하면서 바로잡을 수 있고, 마침내는 경기 도중 코스에서도 스스로 바로 잡을 수 있어야 위대한 챔피언이 될 수 있다."라고 했다.

골퍼는 기본적으로 스윙을 잘해야 한다. 드라이버, 아이언, 퍼터 정도의 레슨은 사실 단순하다면 단순할 수 있다. 문제는 스윙만 잘해서 되는 게 아니다. 날씨 및 기후조건, 지형 형태 등에 따라서 수시로 변하는 필드의 양상에 잘 적응해야 한다는 것이다. 프로선수는 직구뿐만 아니라 지형에 따라서 드로우샷이나 페이드샷 그리고 띄워서 치는 로브샷, 범프앤드런샷, 러닝 어프로치샷 등 가능한 모든 샷을 자유

자재로 구사할 수 있어야 한다.

　대부분 스포츠는 일정한 규격을 정해놓은 장소에서 실시한다. 그것이 실내이든 실외이든 형태는 비슷하다. 축구, 배구, 농구, 럭비, 수영, 배드민턴, 탁구, 유도, 테니스 등 대부분 라인이 그어져 있는 장소에서 이루어진다.

　그러나 골프는 18홀마다 크기도 다르고 골프장마다 그 규격과 형태도 다양하다. 심지어 72홀이 표준이나 71홀인 골프장도 있다. 이런 다양성에 얼마나 빨리 잘 적응하느냐도 관건이다.

　그래서 골프는 최대한 어렵고 흥미롭게 만들려는 골프 설계자 의도와 골퍼 간의 두뇌 싸움이라고도 한다. 필드 위에서 만나는 다양한 위기를 기술과 멘탈로써 잘 극복하는 선수가 결국 최종 승리자가 된다. 그래서 선수 지망생들에게는 각종 다양한 장애물을 경험해볼 수 있는 필드 레슨이 더 중요하다고 볼 수 있다. 벙커와 러프, 기울기가 다른 지형, 좁고 긴 지형, 바람이 심하거나 안개가 자주 형성되는 지형 등에서 실제 훈련을 해야 한다.

　국내 시즌 초기 대회는 기상을 고려하여 따뜻한 남쪽 지방에서 주로 열린다. 바람 많은 제주도 기상에 적응이 제대로 되지 않으면 어려움을 겪기도 한다. 그래서 각 코스를 어떻게 공략할 것인가 하는 코스 매니지먼트 능력을 배양해야 한다. 실제 경기에서 캐디의 일부 도움도 받을 수 있겠지만 결국 모든 것은 선수 자신이 결정할 문제이다.

선수들은 시합이 없는 동계에는 주로 해외로 전지 훈련을 나간다. 야외활동이 제한되는 겨울에는 연습을 충분히 할 수 없으므로 당연한 준비이다. 제주도가 고향인 리디아 고 선수처럼 딸을 골프선수로 키우기 위해 뉴질랜드로 이민을 간 사례도 있다. 이왕 골퍼가 되기로 작정했다면 필드에서 살다시피 할 수 있는 여건에서 연습하는 것이 최상이기 때문이다. 그러나, 돌아보면 딸의 경우는 전지 훈련을 다녀온 경우보다, 나가지 않았을 때가 오히려 성적이 좋았던 적도 더러 있었다. 전지 훈련 가서 라운드 위주로 연습을 하다 보면 샷을 보완할 시간이 부족할 수도 있다.

차라리 국내에서 피트니스 등을 통해 골프에 필요한 체력을 강화하고 샷을 천천히 보완한다면 더 내실 있는 훈련이 될 수도 있다. KLPGA 김보경 프로선수의 경우, 해외 훈련을 한 번도 가지 않고도 10여 년간 우승은 물론 1부 투어 활동을 성공적으로 한 사례도 있다. 그리고 최근 국내 실내 스크린골프 연습장도 좋은 여건이 갖추어져 있다. 스윙에 관련된 정보들을 많이 제공해준다. 비거리는 물론이고 타격 방향과 타격 시 속도, 스윙 자세 등을 잘 알 수 있다.

그리고 막상 시즌이 시작되어 출중한 실력을 갖춘 동료 선수들과 함께 투어 활동을 하다 보면 선수들은 알게 모르게 서로 서로에게서 많이 배우면서 성장해간다. 또 오랜 투어 활동을 하는 선수들은 나이가 들면서 나타나는 신체적 변화와 체력적 한계를 극복하기 위해서도 주기적으로 전문 코치로부터 샷을 점검하고 레슨을 통해 보강할 필요는 있다.

골프는 강인한 정신력을 요구한다. 자기 뜻대로 되지 않을 때 느끼는 심리적 압박을 이겨내기 위해 심리요법으로 강화하기도 한다. 프로선수 대부분은 어린 선수 시절에 심리상담가에게 멘탈 강화를 위한 정기적인 상담을 받아본 적이 한두 번은 있을 것이다. 아름다운 청춘을 오로지 골프에만 전념하면서 보내는 시간 가운데 어찌 심리적 갈등이 없겠는가.

2012년 US오픈 테니스 16강전을 하루 앞두고 로저 페더러의 상대인 미국 테니스 1인자 마디 피시가 돌연 기권 의사를 밝혀 세상을 놀라게 하였다. 훗날 심리적 불안 장애를 심하게 겪고 있고 치료를 받고 있음을 고백하여 또다시 눈길을 끌었던 사례가 있었다.

모든 스포츠 선수들이 느끼는 심리적 압박과 불안감은 정도의 차이는 있을 수 있지만, 챔피언도 피할 수 없이 찾아오는 현상일 수 있다. 잘되고 있을 때는 계속 잘해야 한다는 강박 때문에, 잘 안될 때는 또 실수할까 두려워서 불안하거나 초조해지기 마련이다. 이를 극복하려는 노력은 꼭 필요하다고 본다. 눈에 보이지 않는다고 심리적 아픔을 그대로 방치해서는 안 된다. 마디 피시 선수도 당시 아동 심리상담가에게 계속 상담을 받았다고 했다. 그리고 주위에 있는 가족, 친구, 코치 등에게 자신의 불안 장애를 터놓고 말하면서 한결 좋아졌다고 한다.

혼자 끙끙거리면 해결이 더 어렵다. 물론 사람에 따라서는 시간이 흐르고 나이가 들면서 서서히 내공이 쌓여 멘탈이 강화되기도 한다. 일부 선수들은 투어 중에도 심리 상담을 계속 받기도 한다. 문제가 발생한 이후에 치료받는 것보다 예방 차원에서 선제적으로 대비할 필요가 있다. 골퍼들은 평상시에도 명상이나 독서, 대화, 심리 상담 등 다양한 방법으로 심리적 압박과 불안을 해소하고 자신의 멘탈을 강화해나가야 한다.

골퍼는 직면한 자신의 문제를 회피하지 말아야 한다. 부족한 것이 무엇인지를 늘 파악하여 자신에게 나타나는 여러 가지 신체적 심리적 변화에 제대로 잘 적응하는 자만이 오랫동안 살아남는다는 사실을 인식해야 한다.

골프 비용

살아있는 사람은 누구든 걱정거리나 문제가 있다.
문제가 없는 것이야말로 문제인 것이다.

— 켄 플렌차드

골프 프로선수가 되려면 비용이 많이 드는 것은 사실이다. 나도 처음에 골프가 이렇게 비용이 많이 드는 운동인 줄 잘 몰랐다. 현실감각이 부족했을 뿐만 아니라, 거창한 목표로 시작하지 않았기 때문인지 모르겠다. 딸이 좋아하고 재미있어하니까 그냥 하도록 지지해준 것뿐인데 말이다. 일반 아마추어들도 골프장 회원권이 없으면 그린피, 캐디피 등 비싼 비용을 내야 하고, 평상시 연습장 비용도 감당해야 하는데 매일 연습해야 하는 프로 지망생들이나 프로선수들은 어떻겠는가.

선수들이 초창기에 연습에 집중할 때는 종일 샷 연습을 해야 하는데 주변에 마땅한 연습장이 없으면 멀리 좋은 시설이 갖추어진 장소로 이동도 해야 한다. 이동 시간이 아까워서 몇 달씩 인근 연습장 주변에 숙소를 정해놓고 연습하기도 한다.

이럴 때는 레슨비용, 연습장 이용료뿐만 아니라 숙박 및 식사비용 등이 별도로 들어간다. 때로 지방에서는 수도권의 유명 코치에게 레슨을 받기 위해 3시간 이상 이동하여 겨우 30분 레슨을 받고 고액의 비용을 지불하기도 한다.

누군가는 골프선수에게 연간 대략 1억 원 정도의 비용이 들어간다고도 했다. 동계 전지 훈련, 멘탈 상담, 피트니스, 스윙 및 퍼팅 레슨, 대회 참가 총비용 등등을 모두 망라하면 그럴지도 모른다.

캐디피도 만만치 않다. 시합마다 150만 원 내외로 들어간다. 통상 예선을 통과하는 경우와 컷오프(cut-off)하는 경우로 나눈다. 제주도에서 열리는 대회의 경우는 비용을 더 얹어주기도 한다. 물론 제주도 골프장의 하우스 캐디를 활용할 수도 있다. 연간 30개 대회라고 보면, 대략 4,000만 원 내외로 들어간다. 매 대회 참가비와 숙식비용, 차량 유지 비용 등도 있다.

그래도 최근 1부 투어에서 활동하는 선수들은 70위 내에 들어가면 1억 원 정도의 상금을 받을 수 있지만, 하위권이나 후원이 없는 선수는 오히려 마이너스 운영이 될 수 있다. 골프채, 골프의류, 골프공, 장갑, 골프화 등 골프용품 비용도 만만치 않다.

딸은 아빠의 월급만으로도 지금까지 잘 버텨왔다. 미안하고도 고마운 일이다.

딸은 지금도 연습 여건이 썩 좋은 것은 아니지만 집 부근이나 여기저기 적당한 연습장을 찾아다니면서 연습하고 있다. 최근에 골프를 배우려는 자녀들은 아카데미가 많이 운영되고 있으며 사회적으로 골프에 대한 인식이 많이 좋아져서 예전보다는 여건이 더 많이 좋아진 것으로 보인다. 그래도 여전히 어려움이 있을 것이다. 실상 선수는 무명 시절에 후원의 손길이 더 절실한데, 이름이 알려져야 비로소 적극적인 후원이 시작된다. 어쩔 수 없는 우리 사회의 생태적 구조다.

하여튼 과도한 골프 비용으로 자칫 어린 골프선수가 부담을 느끼게 되면 골프 그 자체를 즐길 수 없게 될 수 있다. 그래도 이를 잘 극복하면 좋은 결과가 분명히 있다. 돌아보니 골프 비용이 많이 들기는 하지만 이를 해결할 수 있는 것이 본인의 의지이다. 목표가 분명하고 의지가 강한 자에게 후원의 손길은 언젠가는 다가올 것이다. 달려보자. 그러다 보면 언젠가는 아직은 완전히 펼쳐지지 않은 그대의 낙하산이 활짝 펼쳐질 날이 오지 않겠는가. 본인의 의지가 우선이다. 오늘도 열심히 연습장에서 땀과 열정을 쏟을 가치가 충분히 있다. 꿈나무들이여. 여러분도 충분히 할 수 있다. 푸쉬킨 시에도 '마음은 미래에 사는 것 / 현재는 슬픈 것 / 모든 것은 순간이다 / 그리고 지난 것은 그리워한다'라 하지 않던가.

골퍼와 캐디

골프가 주는 최고의 즐거움은 정말이지 페어웨이 위에
선다는 것 자체, 바로 그것이다. 비즈니스의 압박이나
합리적인 행동의 부담에서 멀찌감치 벗어나서, 우리는 몇
시간 동안 불멸의 감정을 느낄 수 있다.

— 콜먼 매카시

사람들의 행위는 산술적인 계산법이나 인과적 상호작용
만으로 설명할 수 없는 부분들이 있다. 두 사람이 일할 때
더 빛나는 경우가 많다. 사람에 따라서는 $1+1=2+a$, 혹
은 $1+1 \rangle 2$가 되기도 하는데 이를 심리학에서는 시너지 효과
(Synergy Effect)라고 한다. 시너지라는 용어는 '함께 일한다'
라는 뜻의 그리스어인 'synergos'에서 왔다고 한다. 시너지
효과는 상호 협력 작용이나 상승효과를 말한다. 골프에서도
골퍼와 캐디의 상호작용으로 이 시너지 효과를 톡톡히 얻을
수 있다.

1부 정규투어 골프선수들은 통상 캐디를 동행한다. 물론 캐디 없이 혼자 참가할 수도 있다. 캐디 없이 우승한 모(某) 프로의 사례도 있지만, 대부분 캐디를 대동한다. 캐디는 직업으로 하는 전문 캐디, 골프장 소속의 클럽하우스 캐디, 부모나 형제 혹 지인이 대신 캐디를 하는 경우로 나누어 볼 수 있다.

현재 국내 2부 드림투어에는 골프장 클럽하우스 캐디 1명이 1개 조의 선수 모두를 도와주고 있다. 선수는 시합 도중에 샷이 흔들리거나 멘탈이 무너져서 우왕좌왕할 때나 결정적인 순간에 캐디의 도움을 받을 수 있다.

캐디는 선수를 도와주는 역할을 하는 사람이기에 서비스 정신이 투철해야 한다. 두 사람이 시너지 효과를 얻기 위해서는 호흡이 잘 맞아야 한다. 한 명의 캐디와 오랫동안 관계를 유지하는 선수는 대부분 안정적인 성적을 유지하는 편이다.

2021년 미국프로골프(PGA) 투어 RBC 헤리티지에서 우승한 48세 스튜어트 싱크는 아버지의 투어 생활이 얼마 남지 않았다고 생각한 싱크의 아들이 캐디를 자청하여 2승을 한 사례가 있다. 싱크는 "아들과 하니까 두 사람이 함께 골프를 치는 것 같다."라며 우승 소감에서 말했다.

국내에서도 KLPGA 대회 가운데 가장 오랜 역사를 자랑하는 2021년 KLPGA 챔피언십 대회에서 39년 만에 타이틀 방어에 성공한 박현경 프로의 캐디는 아빠였다. KPGA 프로선수였던 아빠는 캐디를 넘어서 딸의 코치이자 경기 운영을 직접 지휘하는 필드의 사령관 역할을 하고 있다. 우승 후 박현경 프로도 "오늘 우승은 90%가 아버지 몫"이라고 말하기도 했다. 아버지의 조언이 결정적이었다고 했다. 선수와 캐디의 적절한 상호작용이 얼마나 중요한지 보여주는 좋은 사례라고 볼 수 있다.

세계적으로 유명한 캐디로 스티브 윌리엄스가 있다. 그는 그렉 노먼, 레이먼드 프로이드, 밥 찰스 경, 타이거 우즈, 아담 스콧 등 유명 스타 선수의 캐디였다. 타이거 우즈의 캐디로 1999년부터 2011년까지 12년 동안 메이저 13승을 포함하여 72승을 달성하였다. 2013년에는 당시 그다지 뛰어난 실력이 아니었던 아담 스콧의 캐디로 활동하면서 아담 스콧이 호주 선수로는 처음으로 마스터즈 대회에서 우승하는 데도 도움을 주었다. 그는 『골프, 정신력의 게임』(2009, 네모북스)에서 캐디의 역할을 3가지로 설명했다.

첫째, 캐디는 선수가 샷에 집중할 수 있도록 전술과 전략 그리고 조직적으로 자질구레한 일들(코스 관리)까지 맡는 집사의 역할이다. 스낵과 음료수 공급, 비 오는 날의 장비 준비에서부터 클럽을 관리하고 규칙으로 정해진 14개 이외의 클

럽이 캐디백에 들어있지 않도록 해야 하며 우산을 받쳐 주는
일에서 관중을 통제하는 경호원의 역할까지 해야 한다.

둘째, 캐디는 선수에게 심리학자로서의 도움을 줄 수 있
어야 한다. 골프장 운영에 관한 전체적인 그림, 홀과 코스 그
리고 경기에 대한 전략적인 접근 등 전체적인 접근 전략은
미리 선수와 세워놓지만, 일단 경기가 시작되고 나면 선수
는 오로지 중요한 한 가지, 즉 다음 샷에 집중하는 동안 그들
이 세워놓은 전략을 충실히 지킬 수 있도록 해야 한다. 스티
브의 경우에는 늘 그린까지 가지도 않았다고 한다. 일단 공
이 그린 위에 올라오면, 그린을 읽는 것은 선수에게 맡기며
어느 쪽으로 퍼팅을 하면 비껴갈 것이라는 정도만 얘기하고,
퍼팅은 전적으로 속도와 감이 관건이기 때문에 나머지는 선
수에게 맡긴다.

셋째, 수학자로서의 캐디 역할이다. 티 혹은 페어웨이 어
느 지점에서부터 홀까지 이르는 거리인 야드 수를 선수에게
정확하게 제공하는 것이다. 이를 위해 스티브는 경기가 있을
때마다 매번 개인적으로 미리 3번 이상 코스를 걸어 다니며
야드 수를 측정했다고 한다. 또한, 캐디는 선수가 혹시라도
실수로 규칙을 위반하는 행위를 하지 않는지도 살펴야 한다
고 했다.

골프는 2~3초 안에 샷을 날리고 나면 다른 사람들이 순

서대로 치는 동안 기다려야 하며, 다음 샷을 위해 또 걸어가는 반복이다. 긴장과 휴식이 따르는 짧은 행위의 연속이다. 윌리엄스는 선수가 샷이 끝나고 나면 선수와 대화나 가벼운 다과로 의식적인 마인드를 풀어주어 선수가 경기에 대해 생각하지 않고 잠시 뇌에 휴식을 주게 해야 한다고 말했다.

스티브가 보통 선수와 즐겨 나누는 얘기는 골프를 뺀 모든 스포츠에 관한 얘기였다고 한다. 그렉 노먼과는 럭비나 모터 레이싱, 레이먼드는 야구, 타이거는 농구(마이클 조던과 친구)에 관한 이야기를 좋아했다고 한다. 이렇게 집중과 뇌의 휴식을 반복하다 보면 선수는 자기 자신에게 잠재력을 최대한 발휘할 기회를 주게 되며, 부수적으로 여유 있고 자기 확신에 찬 모습을 유지하기 때문에 상대방은 당황하게 된다고 했다.

철저하게 자신과 외로운 싸움을 해야만 하는 골퍼이지만 훌륭한 캐디라는 협조자의 도움을 얻는다면 얼마나 신나게 플레이를 하겠는가. 선수와 캐디의 좋은 인연으로 오랫동안 선한 영향을 주고받을 수 있다면 서로에게 모두 행운일 것이다. 윌리엄스 뒤를 이어 2011년부터 11째 타이거 우즈의 캐디로 함께 하는 조 라카바는 우즈가 2014년 허리 수술 이후 투어를 떠난 4년 동안에도 다른 선수들의 합류 요청을 모두 거절했다. 지금도 두 사람은 서로 친구처럼 허물없이 잘 지내고 있다.

골퍼와 캐디

2018년 투어챔피언십 우승으로 타이거 우즈가 재기에 성공했을 때 그는 조 라카바에게 "함께 해냈다! 네 덕분이다."라고 말했다.

선수와 캐디의 관계를 넘어선 아름다운 인간관계의 승리라고 생각한다. 30년 동안 캐디로 활동한 조 라카바는 2019년 캐디 명예의 전당에 이름을 올리기도 했다.

공자 말씀에도 '삼인지행 필유아사(三人之行 必有我師) 세 사람이 길을 걸어가면 반드시 그 가운데 스승 격인 사람이 있다.'라고 했다. 이 말은 골프에도 적합한 말이다. 라운드하는 4인 중에는 반드시 고수가 있다. 없다면 캐디에게서도 적절한 도움을 받을 수 있다.

우리 인생에서도 흔들림 없이 나의 일에만 오로지 매진할 수 있도록 심리적 안정과 자신감, 집중력을 불어넣어 줄 수 있는 캐디 같은 친구나 멘토, 코치, 스승을 만날 수 있다면. 이런 사람이 내 옆에 단 한 사람이라도 있다면 얼마나 좋을까 하고 생각해 본다.

골퍼와 후원사

볼에 집중하라. 스코어는 나중에 자연히 뒤따라온다.

— 진 사라젠

현재 LPGA 등 외국에서 활동하고 있는 한국 선수들에게 든든한 후원사가 없었다면 세계 상위권에 다수가 포진한 최다국이 되기가 쉽지 않았을 것이다. 비씨카드, 우리금융그룹, 하나금융그룹, NH투자증권, MG새마을금고 등 금융권과 동부건설, 요진건설, 대방건설 등 많은 건설사 그리고 롯데, 삼천리, 한화큐셀, 하이원리조트 등 다양한 분야에서 대략 50여 개의 후원사가 선수들을 지원하고 있다.

지금도 매년 후원사가 새로 들어서면서 국내는 연 30여개의 대회를 개최하고 있다. 2022년의 경우, 33개 대회 총상금 305억 원 규모로 열린다. 총상금 1,072억 원(34개 대회)인 LPGA나 총상금 446억 원(38개 대회)인 JLPGA보다는 적지만 혹한기 혹서기 3개월 정도 대회를 열 수 없는 기후를 고려할 때는 전혀 적은 숫자는 아니다. KLPGA도 이제 세계 3대 여자프로 골프협회로 우뚝 서 있다. 오히려 LPGA는 톱스타급을 제외하고는 후원사 도움 없이 대회에 참가하는 선수들도 더러 있다고 한다. 국내는 유망주나 실력이 인정되면 바로 후원사가 붙는다. 유독 국내 여자 골프에 후원사들이 많은 것은 여자 골프가 업종 불문하고 홍보 효과가 뛰어나 스포츠 마케팅이 효과가 좋게 인식되어 있기 때문이라고 한다.

외국에 진출한 유명 선수를 후원할 때는 대회 참가 및 체재 비용, 코칭 그룹 지원 등도 함께 지원한다. 그래서 미국, 일본 등 외국에서 활동하는 선수들도 국내에서 후원사가 주최하는 대회에는 특별한 경우가 아니면 귀국하여 적극적으로 참가한다. 물론 심적 부담 때문에 우승하는 경우는 그다지 많지 않지만, 선수는 경제적으로 든든한 후원자 덕에 마음껏 활동할 수 있어서 감사한 일이다.

후원사가 생기면 일단 투어 생활이 훨씬 안정적이다. 경비 상당 부분을 걱정하지 않아도 된다. KLPGA 정상급 선수는 메인 후원사로부터 연간 5~10억 원의 계약금을 받고 의류 후원사 2~3억 원, 용품(골프채, 골프백, 공, 신발, 장갑, 선글라스, 영양제 등) 후원사로부터도 1~2억 원을 받는 것으로 알려져 있다.

물론 정상급이 아닌 선수들은 이보다는 낮지만 연말 성적 결과에 따라 계약 금액이 달라진다. 성적 인센티브도 받는데 대략 우승자 경우에는 상금의 50%, 5위 이내는 상금의 30%, 10위 이내는 상금의 20%를 추가로 받는다. 대형 골프단 소속일 경우에는 선수들에게 계약기간 동안 투어 밴과 트레이너를 지원하는 사례도 있다. 또 그룹에서 운영하는 골프장과 리조트 시설도 연습을 위해 이용할 수 있다. 그 외 일반 광고 모델로 선수를 후원하거나 성적 인센티브를 주는 서브 후원사도 늘고 있다.

정규투어 프로가 되어도 선수나 부모가 후원사와 직접 계약하기가 쉽지 않다. 그래서 선수들은 중개인 역할을 하는 매니지먼트사를 많이 활용한다. 2021년 KLPGA 자료에 의하면, 대략 20개 이상의 매니지먼트사가 활동하고 있는 것으로 보인다. 후원사는 대부분 1년 단위로 계약을 하며 성적이 제대로 나지 않으면 계약이 해지되는 경우가 일반적이다. 매니지먼트사는 대략 계약금의 20% 내외, 성적 10위 이상인 경우 상금액의 일부를 인센티브로 받는다. 그래서 프로선수 지망생은 경제적인 문제로 미리 겁먹을 필요는 없을 것 같다. 당장은 경제적으로 어려움을 겪을 수는 있겠으나 우선 탄탄한 실력을 갖추면 그 문제는 대부분 해결된다고 생각하면 된다.

"볼에 집중하라. 스코어는 나중에 자연히 뒤따라온다."라는 진 사라젠의 말처럼 "연습에만 집중하라. 실력만 인정되면 비용 문제는 나중에 자연히 해결된다."라고 말해주고 싶다.

피할 수 없으면 즐겨라

*골프는 잘하기 어렵기로 둘째가라면 서러운 게임이라서
그토록 인기가 있는 것이다.*

– A. A. 밀른

모든 스포츠 선수들의 우승 뒤에는 감동 신화가 따른다. 사람들은 우승자만의 감동 스토리텔링에 귀 기울이며 우승을 축하하고 격려한다. 올림픽 어떤 종목은 단 몇 초의 순간을 위해 4년이란 긴 시간을 고통과 아픔 그리고 땀과 눈물을 견디어낸 이야기에 우리는 환호한다. 그러나 그 스토리 이전에 그 선수가 보여준 놀라운 실력과 능력을 간과해서는 안 된다. 쓰라린 패배의 아픔을 수없이 거치고 마침내 피땀으로 이루어낸 놀라운 기록들은 여전히 소중하다.

미국의 캐틀레이는 별명이 패티 아이스(Patty ice)다. 얼음처럼 차갑고 냉정한 자세로 퍼팅을 한다고 그렇게 부른다.

그는 2021년 PGA 플레이오프 최종전 투어에서 브라이슨 디샘보와 여섯 번째 서든 데스 플레이오프까지 치르면서 우승하여 무려 1,500만 달러(175억 원)라는 보너스를 획득했다. 특히 마지막 4라운드 16~18번 홀에서 보여준 환상적인 퍼팅으로 승부를 연장으로 몰고 가서 결국 우승을 거머쥐었다. 엄청난 보너스를 받은 캐틀레이는 아마추어 시절 55주간 세계 1위에 올랐지만, 정작 프로로 데뷔하자 부상으로 거의 출전하지 못했다. 당시 그 부상의 통증이 마치 "등에 칼을 꽂는 느낌이었다"라고 했다. 그 엄청난 어려움을 견뎌내고 마침내 어마어마한 상금의 우승컵을 손에 든 캐틀레이는,

"긴 안목으로 현재를 바라보면 '고통도 한순간에 불과하다'라는 조언을 따르려고 한다. 나에게 24/7(하루 24시간 1주 7일 동안, 1년 내내, 언제나의 뜻) 게임을 즐길 줄 아는 자세가 있었다."라고 말했다.

골프는 다른 스포츠와 달리 며칠간의 성적 누계로 순위를 결정하는 경기이다. 온갖 압박감에서도 잘 버텨내야 한다. 며칠간 이어지는 긴장의 시간도 잘 이겨내야 한다. 승리자들은 대체로 이런 긴장을 즐기는 사람들이다. 잭 니클라우스는 이런 긴장을 즐기지 못하는 선수는 경쟁력이 없다고 말했다. 육체적·정신적·감정적으로 느끼는 심한 부담감

　　　　　　　3장 당신도 골퍼가 될 수 있다

을 떨치고 일어서야 한다. 이런 중압감이 싫다고 하는 자는 우승자가 되기를 포기하는 것과 같다.

잭 니클라우스는 "나는 챔피언십이나 공식 대회에서 우승하려면 버디나 파를 해야만 한다는 것을 알고 18번 홀에서 티샷하려고 서 있는 순간이 가장 '짜릿'하고 기분이 좋다. 왜냐하면, 바로 이 순간을 위해 내가 준비해왔고, 바로 이런 순간을 경험하고자 노력해왔기 때문이다. 이런 순간이야말로 지금 내가 골프를 치고 있는 이유이기 때문이다. 어떻게 즐겁지 않을 수 있는가?"라고 말했다. 〈『Golf My Way』 중에서〉

미래에도 코로나와 같은 전염병 팬데믹 현상이 계속 발생할 수도 있을 것이다. 이런 피할 수 없는 상황에 능동적으로 적응해서 오히려 자기의 성장 기회로 삼으려는 인생 전략도 필요하다. '변화가 상수다'라는 시대의 흐름을 읽을 줄 아는 안목과 통찰력으로 자기 계발에 시간을 투자해야 한다. 우선 실력과 능력을 갖추어야 한다. 피할 수 없는 스트레스가 가중되는 순간순간들이 아무리 이어져도 이런 상황을 뛰어넘어서 현실을 통찰하며 즐기는 자가 비로소 내 인생의 진정한 챔피언이 될 수 있을 것이다.

오늘은 언제나 새로운 시작이요 도전이다

코로나로 어려운 시기임에도 불구하고 골프장은 오히려 내방객으로 넘쳐난다. 골프 인구도 이미 515만 이상이라고 한다. 특히 20~40대의 젊은 층이 많이 증가하였다. TV 예능 골프 프로그램도 우후죽순처럼 생겨나고 있다. 아름다운 샷을 구사하고 멋진 기술을 보여주는 동영상도 여기저기 넘쳐난다. 누군가에게는 아직도 골프가 사치스럽고 팔자좋은 스포츠로 보이겠지만, 이제는 사회적 인식이 점차 바뀌어 가고 있는 듯하다.

골프가 비록 잘하기는 어렵지만, 골프가 주는 설렘과 겸손 그리고 황홀감을 이제는 내 삶을 통해서도 함께하고 싶다. 내 인생의 골프백에 사랑과 건강, 행복의 아름다운 열매를 하나씩 담아보려고 한다. 작은 성공의 습관들이 모여서 큰 성공을 이루듯이 사소한 것 하나하나에서 행복을 찾으려고 노력할 때 비로소 삶의 목적이 보일 것이다.

이 책은 비단 골퍼만을 위한 것은 아니다. 우리는 태어나서 죽을 때까지 수많은 도전 속에서 살아간다. 그러다 보면 때로는 자신감이 위축되거나 버티고 또 버텨도 앞이 잘 보이지 않을 때도 있다. 그럴 때 누군가에게 조그만 위로와 따뜻한 격려의 메시지가 되었으면 좋겠다. 골프나 인생이나 오늘은 언제나 새로운 시작이요 도전이다.

누구나 내 인생에서는 내가 중심이어야 하며 진정한 프로가 되어야 한다. "세월의 모가지를 비틀어서 끌고 가야 한다."고 했던 어느 유명 가수의 말처럼 내가 나를 주도적으로 이끌어야 한다. 내가 내 삶을 장악해야 한다. 그래서 나를 시험하는 어떤 도전과 시련에도 잘 버티고 이겨내다 보면 무엇인가는 이루어지리라. 골프와 함께 더욱 즐겁고 행복한 인생이 계속 이어지길 바란다.

2022년 KLPGA 골프 시즌을 앞둔 3월 어느 날
곽해용

홀인원보다 행복한 어느 아빠의 이야기

초판 1쇄 2022년 3월 25일

지은이 곽해용
발행인 김재홍
마케팅 이연실
디자인 박효은 김혜린

발행처 도서출판지식공감
브랜드 문학공감
등록번호 제2019-000164호
주소 서울특별시 영등포구 경인로82길 3-4 센터플러스 1117호(문래동1가)
전화 02-3141-2700
팩스 02-322-3089
홈페이지 www.bookdaum.com
이메일 bookon@daum.net

가격 15,000원
ISBN 979-11-5622-685-7 03810